탈무드에서 배우는 위트 유머

탈무드에서 배우는
위트 유머

마빈 토케이어 ㅣ 강영희 엮음

 ## 유대인들의 위트와 해학

그들에게 유머는 지혜의 산물이자 생활의 일부분이었다.

브라운힐
BrownHillPub

□ 유대인에 있어서의 유머 9

1부 … 유머를 통해 배우는 생각의 차이

차 례

2부 … 유머를 통해 배우는 인간의 본성

□ 유대인에 있어서의 유머

유대인 몇 명이 모이면 거의 반드시라고 할 정도로 유머가 오간다. 그들에게 있어 유머란 지혜의 산물이며 생활의 일부분이다.

헤브라이어로 '호프마'란 단어는 '유머'와 '영특한 지혜'를 동시에 의미한다.

유머를 적절히 구사할 줄 알고 또 이해하는 사람은 지적인 두뇌가 뛰어나게 발달한 사람이다.

실상 유머처럼 폭넓은 창조력과 번득이는 기지가 요구되는 것도 드물다. 또한 그것은 매우 교육적인 것이기도 하다. 어떤 사물이든 한편에서만 바라보는 것이 아니라, 잽싸게 그 둘레를 빙그르 돌아 다각도로 살펴볼 수 있는 능력을 필요로 하기 때문이다.

유대가 배출한 위대한 학자인 아인슈타인이나 프로이드도 유머 감각이 뛰어난 인물들이었다. 그들은 늘 주위 사람들을 웃음의 정원으로 이끌어 즐겁게 했다.

우리의 감각으로는 잘 납득되지 않을지도 모르지만, 그들 유대인들에겐 세계적으로 저명한 물리학자나 심리학자가 마치 직업적인 코미디언처럼 틈틈이 주위 사람들을 웃기는 게 너무도 자연스런 일로 받아들여진다. 다시 말해, 그만큼 유머 자체가 대우를 받고 있다는 얘기이기도 하다.

유대인들은 해학을 지적이며 고상한 것으로 받들기에 주저하지 않는다. 만물의 영장이라 일컬어지는 인간과 동물과의 큰 차이 중 하나가 인간은 웃을 줄 안다는 것이며, 인간의 교양의 척도를 적나라하게 드러내는 것이 바로 웃음이기 때문이다.

1부

유머를 통해 배우는
생각의 차이

대단한 작자

데이비드는 미국에 사는 아들을 따라서 이민해 온 유대 노인이다.

어느 날, 그가 아들에게 물었다.

"모제스. 우리와 동족인 아인슈타인이라는 사람이 아주 유명하다던데, 그가 말하는 상대성원리라는 게 도대체 뭐냐?"

"그 상대성원리란 건 20세기에 들어 발견한 가장 중요한 원리라고 합니다. 아인슈타인은 그것으로 노벨상을 탔을 뿐만 아니라 세계에서 가장 훌륭한 학자로 손꼽히고 있어요. 간단히 설명하자면, 지금처럼 아버지가 손자를 무릎에 앉혀 놓고 어르고 있을 땐 30분이란 시간이 1분 정도로밖에 느껴지지 않지만, 만약 벌겋게 달구어진 난로 위에 앉아 계셨다면 1분이 30분만큼이나 길게 느껴질 게 아니에요? 말하자면 이런 원리입니다."

데이비드는 알아들었다는 듯 고개를 끄덕이며 말했다.

"그게 다냐? 그 참, 대단히 머리가 좋은 작자로구나! 그런 멍청이 같은 소리를 해 가지고 유명해져서 상도 받고 잘 산다니, 정말 머리가 좋은 자야!"

테이프 앤 테이프 로

　미국의 대학교수 중에 유대인이 많다는 것은 널리 알려진 사실이다.

　뉴욕의 컬럼비아 대학에도 많은 유대인 교수들이 있는데, 그 가운데 한 사람이 강의가 있는 날 워싱턴에 가 있었다. 되도록이면 강의 시간 전까지 뉴욕으로 가려 했으나 볼일이 끝나지 않아 도저히 갈 수가 없었다.

　그래서 그는 대학의 비서에게 전화를 했다.

　"메리. 아무래도 강의에 늦을 것 같아서 그러는데, 강의 내용을 녹음해서 그 테이프를 버스 편으로 보낼게. 그리고 마지막 5분이 남더라도 강의실에 얼굴을 내밀도록 할 거야."

　그러고는 녹음된 테이프를 학교로 먼저 보내고, 볼일을 끝낸 다음 급히 뉴욕으로 돌아왔다. 그가 공항에서 택시를 타고 달려 학교에 도착했을 땐 강의시간이 끝나기 10분 전이었다. 그는 학생들이 지금까지 자신이 녹음한 강의를 들었을 터이므로 남은 시간은 질문을 받기로 작정했다.

그러나 너무 서두르는 바람에 캠퍼스 내의 여신상 앞 계단에서 몇 번이나 굴러, 교수는 상처투성이가 된 채 가까스로 강의실에 도착했다.

안에서 자신의 듣기 좋은 목소리가 흘러나오고 있었다.

학생들이 조용하게 앉아 강의를 듣는 것 같아 내심 크게 흡족해하며, 그는 우선 호흡을 가다듬은 다음 조심스럽게 강의 문을 열었다.

맨 먼저 눈에 띄는 것은 교탁 위에 놓여 있는 테이프레코더였다.

강의실엔 아무도 없었다. 대신, 학생들의 책상 위에도 테이프레코더가 죽 놓여 있었다.

반격

변호사 슈발츠에게 오랜 만에 일거리가 생겼다. 자기 아내와 이혼하려고 마음먹었던 것이다.

이혼 청구서가 접수되자, 슈발츠는 법정에 나가 배심원들에게 아내를 되도록 나쁘게 보이게 하려고 애를 썼다.

그는 자신만만한 어조로 아내에게 물었다.

"슈발츠 부인, 당신은 결혼하기 전 어떤 직업을 가지고 있었습니까?"

"레스크 바에서 스트리퍼로 일했었습니다."

"레스크 바에서 스트리퍼로 일했다고요? 그 크와렙스키 가에 있는 형편없는 곳 말이군요. 당신은 그런 직업이 좋은 것이라고 생각합니까?"

슈발츠의 의기양양한 질문에, 슈발츠 부인이 조용히 대답했다.

"그렇습니다. 내 아버지가 하던 일에 비하면 훨씬 순수한 일이었다고 생각합니다."

슈발츠는 마지막 일격을 가하듯 크게 소리쳤다.

"그렇다면 슈발츠 부인, 당신 아버지가 무슨 일을 했었는지
이 법정에서 말해 주십시오!"

슈발츠 부인은 남편을 똑바로 바라보며 대답했다.

"내 아버지는 변호사였습니다."

게으름뱅이의 25시

게으름뱅이 모세가 고용주인 아브라함에게 가서 말했다.

"아아, 하루가 스물다섯 시간이라면 얼마나 좋을까요?"

모세가 늘 게으름만 피우는 것을 누구보다도 잘 알고 있던 아브라함은 깜짝 놀라서 말했다.

"이제야 마음을 잡고 열심히 일하기로 작정한 모양이구나!"

"그게 아니에요. 그렇게 되면 하루에 한 시간만 일하면 되잖아요."

악운

유대의 속담에 '운 나쁜 놈은 빵을 떨어뜨릴 때 반드시 버터 바른 쪽이 아래가 된다.'는 말이 있다.

지독하게 운이 나쁜 아이작은 무슨 일이든 제대로 되는 것이 없었다.

어느 날 야곱과 함께 식당에서 식사를 하던 그는 실수로 빵을 떨어뜨렸다. 빵을 집어든 그는 아주 오랜 만에 태양을 본 사람처럼 얼굴을 빛내며 소리쳤다.

"여보게, 야곱! 이제 내 악운이 사라졌나 봐."

"어째서 그렇게 흥분하는 거야?"

"이 빵이 버터 바른 쪽을 위로 향한 채 떨어졌단 말이야. 이제 내 운도 바뀐 거야."

야곱은 도무지 믿어지지 않는다는 듯이 말했다.

"설마 그럴라고? 틀림없이 자네가 위아래를 잘못 알고 버터를 바른 거겠지."

교환 조건

유명한 피아니스트 루빈슈타인이 파리에 살고 있을 때였다. 같은 아파트에 똑같은 이름을 가진 은행가 루빈슈타인이 살고 있었다. 그래서 우체부가 곧잘 우편물을 바꿔 넣고 가곤 했다.

어느 날 은행가 루빈슈타인이 피아니스트 루빈슈타인을 찾아와 편지다발을 내밀며 말했다.

"루빈슈타인 씨, 실은 좀 난처한 일이 생겼습니다. 당신께 부탁을 해도 될는지요?"

"잘 됐군요. 나도 마침 당신을 찾아가려던 참이었습니다."

"그렇다면 다행입니다. 루빈슈타인 씨, 저희 집에 가셔서 이 프라하의 루이즈, 부카레스트의 일제, 바르샤바의 마가렛, 로마의 소피아가 모두 당신의 친구라는 것을 제 아내에게 밝혀 주시겠습니까?"

"물론 좋습니다."

피아니스트 루빈슈타인은 은행가 루빈슈타인이 건네준 편지다발을 받아 겉봉을 뜯고는 읽기 시작했다. 틀림없이 자기 앞으로 온 편지들이었다.

"분명히 제 것입니다. 미안하지만 잠깐만 기다려 주십시오."

피아니스트 루빈슈타인은 자기 서재로 가더니 다른 편지다발을 들고 와 은행가 루빈슈타인에게 건네주었다.

"루빈슈타인 씨, 당장에라도 나는 댁으로 가서 부인께 이 루이즈나 일제, 마가렛, 소피아의 편지들이 분명히 내게 온 것이라는 사실을 밝혀 드리겠습니다. 그 대신 여기서 내 아내에게 지금 드린 그 편지들이 당신에게 온 것이라는 사실을 밝혀 주십시오. 로마 은행의 50만 달러와 프라하 은행의 150만 달러, 그리고 바르샤바 은행의 40만 달러가 전부 선생 것이라는 사실 말입니다."

위엄

새로 연대장이 된 아브라함은 부하들 앞에선 반드시 위엄을 보여야 한다고 생각하는 사람이었다.

어느 날 오후, 그가 연대장실에서 만화책을 읽고 있는데 돌연 노크 소리가 들려왔다.

당황한 아브라함은 보고 있던 만화책을 황급히 서랍에 집어넣은 다음 수화기를 들어 귀에 대면서 소리쳤다.

"들어와!"

손에 연장통을 들고 들어온 사람은 신병인 데이비드였다.

아브라함은 목에 힘을 주고 위엄 있는 목소리로 말했다.

"지금 사령관과 중요한 이야기를 하고 있는 중이다. 용건이 뭔가?"

데이비드는 이상하다는 듯이 고개를 갸웃거리며 대답했다.

"연대장님, 저는 전화가 고장 났다는 부관님의 연락을 받고 그것을 수리하러 왔습니다."

과연 누가 행복한가?

옛날 동유럽의 유대인 가에는 가난뱅이와 갑부, 그리고 귀족과 러시아 황제는 어떻게 다른가에 대한 이야기가 비교되어 구전되고 있었다.

가난뱅이는 금요일의 샤바트가 되어야 새 셔츠를 갈아입을 수 있지만, 갑부는 매일 새 셔츠를 갈아입는다.

귀족은 하루에 세 번 셔츠를 갈아입고, 황제에게는 의상 담당 시종이 붙어 있어서 쉴 새 없이 셔츠를 갈아입는다.

가난뱅이는 아침 일찍 일어나 식사를 하나, 갑부는 오전 10시까지 자고 일어나 식사를 한다.

귀족은 오후 2시나 3시 무렵까지 잠자리에 있다가 일어나 식사를 하고, 황제는 꼬박 하루를 자고 나서 다음 날에야 식사를 한다.

가난뱅이가 낮잠을 잘 때는 아내가 깨우게 되어 있다. 그러나 갑부는 침실 밖에 서 있는 하인이 주인의 낮잠에 그 무엇도

방해가 되지 않도록 망을 보고 있다.

귀족쯤 되면 12명 정도의 하인이 곳곳에서 망을 보고 있으므로 집 전체가 조용하지만, 황제의 침실 앞엔 1개 연대의 병사가 늘어서서 큰 소리로 '조용! 조용!' 하고 외친다.

큰 착각

헬름 시에 사는 야곱과 사무엘이 논쟁을 벌이고 있었다. 사람은 머리 쪽으로 자라는가, 다리 쪽으로 자라는가에 대해서였다.

사무엘이 말했다.

"내가 어렸을 때는 말이지, 아버지가 사 준 바지가 자꾸 작아지는 것을 보고 사람은 다리 쪽으로 자라는 모양이라고 생각했었네. 그런데 어제 병사들이 이 앞의 거리를 행진하며 지나갔잖은가?"

"그랬지. 100명가량의 병사들이 줄지어 지나가는 걸 나도 봤어."

야곱이 대답하자, 사무엘은 자신의 무릎을 치며 자신만만하게 말했다.

"바로 그걸세! 병사들의 다리를 보니 모두 가지런하더란 말이야. 그런데 머리 쪽을 보니까 하나같이 들쭉날쭉하더군.

그 순간, 나는 이제까지 큰 착각을 했었다는 걸 깨달았네. 사람은 역시 머리 쪽으로 자라나 봐."

경쟁자

예루살렘의 어느 호텔 바에서 두 시인이 우연히 만났다.

이디시어로 시를 쓰는 두 사람은 서로에 대해 강한 라이벌 의식을 느끼고 있었다.

두 사람은 다정한 척 인사를 하고 테이블에 앉았으나, 앉자마자 한 시인이 자기의 시집이 얼마나 많이 팔렸는가에 대한 자랑을 늘어놓았다.

"그러니까 꼭 1년 만에 자네를 만나는군. 작년보다 내 시의 독자가 꼭 배로 늘었다네."

그러자 마주 앉은 시인이 고개를 끄덕이며 대꾸했다.

"그런가? 정말 축하하네. 난 네가 결혼한 줄 몰랐어."

아가씨의 코

어느 날 미모의 아가씨가 병원에 와서 슈발츠 박사에게 증상을 설명했다.

"박사님, 아무래도 제 뱃속에 이상이 생겼나 봐요. 가스가 자주 나오는데 냄새라곤 전혀 없거든요."

"그래요? 그럼 상태를 알 수 있도록 방귀를 좀 뀌어 보시죠."

"어머나! 그게 어디 뀌고 싶다고 마음대로 뀌어지나요?"

듣고 보니 그도 맞는 말이었다. 그래서 슈발츠 박사는 이렇게 말했다.

"그럼 다음에 방귀가 나올 것 같은 낌새가 있으면 곧장 내게로 달려오세요."

아가씨는 고개를 끄덕이고 돌아갔다.

그로부터 사나흘이 지났고, 슈발츠 박사는 그 아가씨에 대한 일을 까맣게 잊어버리고 있었다.

어느 날 박사가 환자를 진찰하고 있는데, 간호사가 뛰어들어와 그 아가씨의 이름을 대며 응급환자이니 빨리 와 보시라고 소리쳤다.

"박사님, 빨리요! 빨리!"

박사는 아가씨의 이름이 금방 기억나지 않았으나, 간호사가 가스가 자주 나오지만 냄새가 없다는 바로 그녀라고 말하자 급히 뛰어나갔다.

병원 복도에 서 있던 아가씨가 외쳤다.

"나와요! 나와!"

슈발츠 박사와 아가씨가 엄숙한 표정을 짓고 잠시 기다리고 있자니, 이윽고 조그맣게 소리가 났다.

슈발츠 박사는 코를 벌름거리며 냄새를 맡고 나서 말했다.

"말씀대로군요, 아가씨. 이건 대단히 심각한 상태입니다. 바로 수술해야 되겠어요."

아가씨는 새파랗게 질린 얼굴로 물었다.

"네? 수술을 해야 된다고요?"

"네, 아가씨 코를 한시라도 빨리 수술해야겠어요."

왜 블라우스를?

아브라함은 밤에 백화점에 숨어들어가 서른여덟 벌의 블라우스를 훔친 죄로 기소되었다.

법정에서 재판장이 그에게 물었다.

"피고는 4월 3일 밤 백화점에 침입하여 한 장에 2달러짜리 블라우스를 서른여덟 벌 훔친 사실을 인정하는가?"

"네, 인정합니다."

"그렇다면 유죄다. 그러나 초범인 데다 비싼 물건도 아니고, 피고가 이미 변상을 했으므로 징역 1개월에 집행유예 2년을 선고한다."

"재판장님, 고맙습니다."

"앞으로 다시는 이런 짓을 저지르지 말고 올바르게 살아가도록 하게."

"네, 주의하겠습니다."

아브라함이 법정을 나가려 하자, 재판장은 호기심 어린 표정으로 그를 다시 불러 세웠다.

"이봐, 잠깐만! 그 백화점의 다른 진열대에는 밍크나 아스트라칸 모피가 잔뜩 쌓여 있었다는데, 어째서 겨우 2달러짜리 블라우스를 훔쳤나?"

그러자 아브라함이 괴롭다는 듯 내뱉었다.

"그 소리는 이제 제발 그만하십시오. 체포될 때까지 두 달 동안, 매일 마누라한테 그 일로 추궁 당했다고요."

소유자

태풍이 일자, 상하좌우로 흔들리는 선체는 그야말로 나뭇잎처럼 제멋대로 바다 위를 떠돌았다. 갑판 위에는 하느님께 기도를 올리는 사람도 있었고, 아무런 여유가 없는 사람들은 비명을 지르거나 부들부들 떨고 있었다.

하지만 이 아비규환의 수라장 속에서도 헬름 시에서 온 사람들만은 아무 일도 없는 듯이 침착하게 앉아 있었다.

선객 중의 하나가 그들에게 물었다.

"당신들은 무섭지도 않소?"

헬름 시에서 온 사람들은 머리를 가로저었다.

"전혀 두렵지 않아요."

그 사이에도 배는 휘몰아쳐오는 파도에 휩쓸리며 널을 뛰듯 심하게 요동치고 당장에라도 부서질 것같이 삐걱거렸다.

"배가 산산조각 날 것 같아요!"

모두들 아우성을 쳤으나, 헬름 시에서 온 사람들은 여전히 태연했다.

"왜 우리들이 배를 걱정해야 합니까? 우리 소유도 아닌데."

정확한 시계

　가난한 유대인 코엔은 손목시계를 하나 가지고 있었으나 고장이 나서 바늘이 움직이질 않았다.

　그러나 그는 만나는 사람마다 붙잡고 자기 시계를 자랑했다.

　"내 시계는 그 누구 것보다도 좋은 시계라네."

　"어째서?"

　"우선 이것보다 조용한 시계는 없을 거야."

　"그야 그럴 테지."

　"조용하기만 한 게 아니야. 본래 시계란 움직이고 있으면 절대로 시간이 맞질 않네. 반드시 1분 정도가 빠르거나 늦지. 하지만 내 시계는 이렇게 7시 반을 가리키고 있으니 하루에 두 번은 틀림없이 맞는다네. 정확한 시간을 한 번도 가리키지 않는 시계보다는 하루에 딱 두 번이라도 정확히 맞는 시계가 낫지. 그러니 이보다 더 좋은 시계가 있겠나?"

내 아들 역시 그랬느니라

아들인 아브라함이 개신교의 세례를 받겠다고 하자, 모세는 기절할 듯 놀랐다.

그리하여 일주일 동안이나 단식을 하며 하느님께 기도를 드린 후 또다시 교회에 나가 일주일간 기도를 올렸다. 너무 굶어 현기증이 일었으나, 그는 아랑곳하지 않고 열심히 하느님께 도움을 청했다.

그러던 순간, 눈앞에서 이상스런 빛이 둥글게 생겨나기 시작하더니 도저히 형용할 수 없는 성스러운 형태가 찬란한 후광을 내뻗치며 나타났다.

모세는 넙죽 엎드렸다. 마침내 그렇게 바라마지 않던 하느님과의 대면이 이루어진 것이다.

"하느님! 전지전능하신 나의 하느님! 하나밖에 없는 제 자식 아브라함이 개신교의 세례를 받겠다고 합니다. 대체 이 일을 어쩌면 좋겠습니까?"

그러자 장엄하기 이를 데 없는 음성이 들려왔다.

"할 수 없지. 내 아들 역시 그랬느니라."

불신

두 남자가 같은 병실에 입원하게 되었다. 한 사람은 팔을 다쳤고, 또 한 사람은 다리를 다친 환자였다.

의사가 회진시간에 들어와 팔을 다친 환자에게 가더니 붕대를 풀고 치료를 시작했다. 환자는 통증을 견디지 못하여 큰 소리로 비명을 질렀다.

그 치료가 끝나자, 의사는 다리를 다친 환자에게로 다가섰다. 그러나 그 환자는 치료를 받는 동안 단 한 번도 소리를 내지 않았다.

이윽고 의사가 나가자, 팔을 다친 환자가 다리를 다친 환자에게 물었다.

"당신은 나보다 더 심한 상처를 입은 것 같은데, 어떻게 신음 소리 한 번 내지 않았습니까? 어쩌면 그렇게 고통을 잘 참는지요?"

그러자 다리 다친 환자가 대답했다.

"설마 당신은 내가 저런 돌팔이 의사에게 상처 난 다리를 내밀었으리라 생각하진 않겠죠?"

입장권

해마다 이스라엘의 독립기념일이면 예루살렘의 경기장에서 성대한 축제가 벌어진다.

군대가 행진을 하고, 전국에서 모여든 남녀 학생들이 가지각색의 퍼레이드를 펼치기 때문에 모든 사람들이 이 독립기념일 축제에 참가하려고 야단들이다.

때문에 경기장 입장권을 구하기란 하늘에서 별을 따는 것만큼이나 어렵다.

경기장의 직원이 행사 중에 입장권을 조사하러 돌아다니다가, 꼬마가 일등석에 혼자 앉아 있는 것을 발견하고는 물었다.

"꼬마야, 너 혼자 왔니? 입장권은 있어?"

"응, 나 혼자 왔어."

꼬마는 대답하며 입장권을 내밀었다.

겨우 대여섯 살 정도로 보이는 꼬마가 혼자 왔다는 것이 좀 의아해서 직원은 계속 물었다.

"아빠는 어디 있지?"

"아빠는 집에 있어. 지금 우리 집은 엉망진창일 거야."

"그래? 너 혼자 오느라고 힘들었겠구나. 도대체 너희 집에 무슨 일이 일어났는데?"

"아빠가 이 입장권을 찾느라고 집 안을 다 뒤집어놨을 거야."

두통거리

히스테리가 심한 코엔 부인이 어느 날 랍비를 찾아와 두통을 호소하고 나서, 언제나 그랬던 것처럼 자신의 고민거리부터 시작해서 이웃 사람들의 험담에 이르기까지 쉴 새 없이 지껄여댔다.

지껄였다기보다 부르짖었다는 것이 오히려 정확한 표현일 것이다.

그리하여 두 시간이 지나자 갑자기 코엔 부인이 말했다.

"휴우! 이제야 두통이 사라졌네요."

그러자 랍비가 고개를 저었다.

"부인, 두통이 사라진 게 아닙니다. 나한테로 온 거예요."

부전자전

좀 경박하고 모자란 사람을 유대인들은 '슈레밀'이라고 부른다.

슈레밀은 착한 마음씨를 갖고 언제나 노력하지만, 운이 나쁘고 머리가 안 좋아 무슨 일이든 잘 되지 않는 사람이다.

가령 슈레밀이 자동차를 운전하면 난데없이 철재가 날아와 보닛을 부순다. 그래서 놀라 허둥지둥 뛰쳐나오다가 바나나 껍질을 밟아 나동그라지고, 일어나려다가 앞으로 자빠져 코피가 터진다.

이런 식으로 매사가 잘 맞아 돌아가지 않는데다가 멍청하게 당하기 일쑤다.

이제부터 이 슈레밀 중 한 사람인 코엔을 눈여겨보자.

그는 어째서 자신이 슈레밀이 되었는지를 곰곰 생각해 보았다. 그리하여 마침내 정식으로 학교 교육을 받지 못한 데 그 원인이 있다고 결론을 내렸다. 그래서 어려운 살림을 꾸려가는 중에도 아내 베키와 힘을 합쳐 열심히 저축을 하여 그 돈을 아들 모세의 교육에 몽땅 바쳤다.

그 아들 모세가 대학에 진학하고 첫 방학을 맞아 집에 돌아왔다.

"아버지, 어머니! 여름방학을 집에서 보내려고 왔어요!"

모세가 눈을 빛내며 이렇게 말하자, 코엔 역시 반가움과 자랑스러움이 뒤섞인 표정으로 아들을 끌어안았다. 그의 아내 베키도 감동적인 장면이라는 듯, 이들 부자를 바라보았다.

변변한 것은 없지만 말끔히 정돈된 거실로 들어서자, 코엔이 입을 열었다.

"모세야, 대학에서 여러 가지를 배웠겠지?"

아들이 고개를 끄덕였다.

"그렇다면 내게 좀 가르쳐 다오."

"뭐든 말씀하세요. 제가 알고 있는 것은 얼마든지 가르쳐 드릴게요."

한껏 들뜬 코엔은 아들을 한 번 시험해 볼 요량으로 물었다.

"저 바다의 깊이가 도대체 얼마나 되느냐?"

"아버지, 바다는 물의 표면에서 밑바닥까지 사이의 깊이가 있어요."

"오, 그래? 그것 참 대단하구나. 그런데 어떻게 그걸 알았니?"

"그건 말이죠, 해양학을 공부하면 금방 알 수 있어요."

"그리고 지네는 다리가 100개나 된다던데, 좌우에 각각 몇 개씩 붙어 있느냐?"

"그야 좌우에 50개씩 붙어 있죠. 곤충학과 생물학을 공부하면 알 수 있어요. 왜 50개씩 붙어 있냐 하면 말이죠, 만약 한쪽에 51개가 붙어 있고 다른 한쪽에 49개가 붙어 있다면 51개가 붙은 다리 쪽에 힘이 더 가해져서 지네는 똑바로 걷지 못하고 언제나 빙글빙글 원을 그리며 돌고 있게 될 테니까요."

"그래! 그것 참 대단한 학식이로구나!"

코엔은 아들의 지식에 탄복했다. 이토록 훌륭하게 학문을 습득한 아들이 대견스러워 그만 말문이 막히고 말았다. 아내 베키도 부자의 대화를 듣고는 남편 못지않게 감탄하고 있었다.

코엔은 슬그머니 바지 주머니에 손을 넣어 10센트짜리 동전 하나를 움켜쥐었다. 그러고는 동전 쥔 손을 아들 앞에 내밀며 물었다.

"모세야, 지금 내 손에 쥐어져 있는 게 뭔지 알겠니? 잘 생각하고 대답해 보아라."

모세는 진지한 눈빛으로 주먹을 쥔 아버지의 손을 뜯어보다가 신중한 태도로 입을 열었다.

"이것을 해부학, 물리학, 형태 인류학, 생태학 등 그 모든 학문의 관점에서 볼 때…… 아버지의 손 안에 있는 것은 분명히 둥근 것입니다."

코엔은 다시 깜짝 놀랐다.

"그래! 둥근 것이라고?"

그는 너무나 기쁜 나머지 자신도 모르게 눈물을 흘리고 말았다.

모세는 역시 신중한 태도로 말을 계속했다.

"네. 미분과 적분, 기하학적으로 볼 때도 역시 둥근 거예요. 둥근 것…… 그러니까 아버지, 그건 자동차 바퀴인 게 분명해요."

남의 일

호로비츠가 의사한테 건강진단을 받았다.

의사는 여러 가지 검사를 한 후 결과를 살펴보며 말했다.

"호로비츠 씨, 당신은 지극히 건강합니다. 당뇨기가 약간 있긴 하지만 건강 상태는 아주 양호합니다. 나 같으면 전혀 걱정하지 않겠어요."

그 말에 호로비츠가 재빨리 대꾸했다.

"당신한테 당뇨기가 있다고 하면, 내가 걱정할 것 같습니까?"

축제일에

히틀러가 점쟁이의 판단에 따라 많은 일을 처리했다는 것은 널리 알려진 이야기이다.

어느 날 그는 다시 점쟁이를 불러들였다.

"내가 언제쯤 죽을 것 같은가?"

"네, 총통 각하는 어느 때고 유대인의 축제일에 돌아가시게 될 겁니다."

그 말을 들은 히틀러는 즉시 자기 테이블 위에 있는 벨을 눌렀다.

그러자 친위대 장교복을 입은 부관이 뛰듯이 들어와 부동자세를 취했다.

"하일 히틀러!"

"빨리 유대의 축제일 표를 가져와!"

부관은 오른손을 번쩍 쳐들어 보이고 나가더니 이내 그것을 가지고 왔다.

안경을 쓰고 그것을 들여다보던 히틀러가 안도의 한숨을 내쉬었다.

축제일이라야 며칠 되지 않았던 것이다.

"잘 들어라. 이 날들엔 경호원을 100배로 늘리도록!"

그때 옆에 있던 점쟁이가 나섰다.

"하지만 각하, 그렇다고 마음을 놓아선 안 됩니다. 어느 때 돌아가시든, 그날이 바로 유대인들에겐 축제일이 될 테니까요."

파티에 초대받은 모세가 파티장에 늦게 도착했다.

그는 가쁜 숨을 몰아쉬며 인사도 없이 친구 아브라함에게
대뜸 물었다.

"여보게, 아브라함. 펭귄의 키가 얼마쯤 되지?"

"뭐? 펭귄의 키?"

"그래, 펭귄의 키 말이야."

"글쎄…… 남극에 사는 펭귄은 1m 정도 될 테고, 북극에
사는 펭귄은 약 80cm 정도 되지 않을까?"

"그, 그게 정말인가?"

"의심스러우면 백과사전을 찾아보지."

아브라함은 책장에 꽂혀 있던 백과사전을 꺼내어 들추기
시작했다.

"페, 펭, 펭귄……여기 있군. 인조목 펭귄과에 속하는 해조
로 약 17종이 있다. 날개는 지느러미 형상이고……."

"그것보다 펭귄의 키가 어느 정도인지 빨리 좀 알아봐 주게."

"알았어. 곧게 섰을 때의 키가…… 가장 작은 난쟁이 펭귄은 오스트레일리아와 뉴질랜드 산으로 30cm, 가장 큰 키의 황제 펭귄은 90cm가 넘는다…… 이렇게 씌어 있군."

"저, 정말인가?"

"그럼! 백과사전이 농담을 하겠나?"

모세는 절망적인 표정으로 하늘을 올려다보았다.

"아! 그럼 여기 오다가 좀 전에 내 차가 들이받은 것은 수녀였구나!"

아는 비밀

어느 마을에 대단한 갑부가 살고 있었다. 그는 인색할 뿐 아니라 남몰래 갖가지 나쁜 짓을 하고 다니는 것으로도 소문이 나 있었다.

어느 날 랍비가 이 갑부의 집을 방문했다. 교회에 기부 좀 하라고 권하기 위해서였다. 마을 사람들은 이 마을에 부임한 지 얼마 되지 않은 랍비에게 소용없는 일이라고 말렸지만, 랍비는 그것을 뿌리치고 찾아온 터였다.

"탈무드에 나오는 이야기를 알고 계시겠죠? 어째서 사해가 사해로 불리며, 이스라엘 영토 안에 있는 다른 호수인 갈릴리호가 그 이름으로 불리는지 말입니다."

랍비의 말에 인색하고 못된 갑부가 대답했다.

"물론 알고 있죠. 갈릴리호는 밖으로 흘러나가는 시내를 가지고 있기 때문에 이름이 제대로 붙어 있지만, 사해는 그저 가득 차 있을 뿐 밖으로 흘러나가는 시내가 없어서 사해로 불린다는 사실을 말입니다."

"네, 그렇습니다. 그래서 오늘 나는 자선을 베풀지 않으면 당신의 인생도 사해와 같이 될 거라는 말씀을 드리고 싶어서 찾아온 것입니다."

"아닙니다, 랍비님. 나는 충분히 자선을 베풀고 있습니다. 다만 남에게 자랑하고 싶지 않아서 그걸 비밀로 하고 있을 따름이지요."

그러자 랍비가 고개를 갸우뚱거리며 말했다.

"그것 참 이상하군요. 당신이 비밀로 하는 나쁜 짓은 온 마을 사람들이 다 알고 있는데, 어째서 똑같이 비밀로 하는 자선은 아무도 모르고 있을까요?"

누가 돌았나?

　물장수인 아이작이 물통에 물을 받아 집으로 돌아오고 있었는데, 길에서 느닷없이 한 남자가 달려드는 것이었다.

　"마이야! 어디 맛 좀 봐라!"

　남자는 아이작을 정신없이 두들겨 팼다.

　그런데 신나게 얻어맞은 아이작이 몸을 일으키면서 유쾌한 듯 웃어젖히는 것이 아닌가.

　그러자 그를 때린 남자가 눈이 휘둥그레져서 물었다.

　"마이야! 도대체 뭐가 우스운 거야? 이 녀석이 돌았나 ......?"

　그런데도 아이작은 여전히 웃더니만 이렇게 대답했다.

　"너야말로 돌았구나. 난 마이야가 아니라고!"

줄 서기

거의가 관료제인 이스라엘에서는 간단한 서류 하나를 떼는데도 오랫동안 줄을 서서 기다려야 한다. 주민증을 발급받을 때, 세금을 납부할 때, 운전 면허증을 rod신할 때, 여권을 신청할 때 등등……. 아무튼 관청이란 소리를 들으면 맨 먼저 떠오르는 것이 길게 늘어선 행렬이다.

미국에서 살다가 이스라엘로 이민 온 지 얼마 되지 않은 아브라함은 이 줄 서기가 정말이지 견디기 힘들었다.

관청에서 볼일을 마치고 돌아오는 길에 친구 모세를 만나자 아브라함이 말했다.

"정말 이렇게 비능률적으로 행정을 처리하는 나라는 처음 봤네. 무슨 수를 써야지 안 되겠어. 이게 전부가 골다 메이어 수상 탓이라고. 그 자를 내가 암살해 버리고 말겠어."

그러자 모세가 놀려 댔다.

"오호! 자네가 그런 일을 할 수 있다고? 어림없는 소리 하지도 말게. 자네에게 그런 배짱이 있을 리 만무야."

"아니야, 두고 보라고. 내가 꼭 해치우고 말 테니까."

그로부터 한 달 후, 아브라함이 서류를 뗄 일이 있어서 관청 앞에 줄을 서 있는데 우연히 또 모세를 만나게 되었다.

모세는 아브라함을 보고 웃으며 말했다.

"이봐, 아브라함. 수상께선 아직 건재하신 모양이더군!"

"내 말을 들어 보게. 지난번에 수상을 암살하려고 관저에 가지 않았겠나? 그런데 나 같은 생각을 가진 자가 너무 많아, 거기도 긴 줄이 서 있지 뭔가. 그 줄 서는 게 지겨워서 포기해 버렸다네."

멋진 복수

헬름 시에 사는 한 남자가 이웃 시에 들어온 연극을 구경하러 갔다가 돌아오는 길에 친구를 만났다.

친구가 물었다.

"그래, 연극이 어떻던가?"

"형편없었어."

"대체 어떤 연극이었는데?"

"연극은 구경하지도 않았어. 글쎄, 매표원 녀석이 나한테 '당신, 더러운 유대인 아냐?' 그러잖아."

"세상에! 그런 못된 놈이 어디 있어?"

"그래서 내가 멋지게 복수해 줬지. 표를 사긴 했지만 극장에 들어가 주질 않았거든."

딸과 며느리

코엔 부인이 거리에 나섰다가 아는 부인을 만났다.

그 부인이 먼저 인사를 건넸다.

"안녕하세요, 코엔 부인. 결혼한 따님도 잘 지내고요?"

"네, 염려해 주신 덕택에 잘 있어요. 우리 딸은 남편을 잘 만나서 아주 팔자가 늘어졌답니다. 매일 대낮까지 실컷 자고 나선 침대에서 식사를 하고, 머리 손질을 하러 미장원에 간다나요. 그 다음엔 백화점에 가서 쇼핑을 하고, 저녁 땐 칵테일파티에 참석하고요. 마치 할리우드의 여배우같이 산다오. 호호!"

"그것 참 부럽군요. 아드님도 별일 없죠?"

"어휴! 말도 마세요. 그 애는 어찌 그리 지지리도 복이 없는지 모르겠어요. 글쎄, 며느리라는 애가…… 나 참, 기가 막혀서! 해가 중천에 뜰 때까지 마냥 자고선 침대에서 그냥 식사를 하는 거예요. 그래 놓고서 집안일은 돌보지도 않고 미장원으로 쪼르르 달려가 그 잘난 머리를 수세미처럼 만들어 가지고 오는 거예요. 요즘은 그런 머리가 유행이라나, 뭐라나. 그 정도면 말도 안 해요. 집에 와서 이젠 저녁 준비를 하려는가 보다 하면, 손 하나 까딱 하지 않고 옷치장에만 열을 올리다가 파티에 가지 뭐예요. 그야말로 칠칠치 못한 것이 사치스러운 할리우드 여배우와 똑같다니까요. 우리 아들이 불쌍해서 미칠 지경이에요!"

당연지사

다니는 교무실로 불려가 선생님께 꾸중을 듣고 있었다.

"다니, 어떻게 고양이에 관한 네 작문이 시몬의 것과 똑같지?"

다니는 조금도 망설이지 않고 대답했다.

"시몬과 저는 같은 고양이에 대해서 썼거든요."

동 감

절도 현장에서 붙잡힌 아브라함이 재판을 받게 되었다.
재판이 시작되기 전에 검사가 그에게 물었다.

"특별히 부탁할 것이라도 있나?"

"내게 이 도시에서 가장 뛰어난 변호사를 붙여 주십시오."

검사는 깜짝 놀라며 말했다.

"이것 보게, 자넨 현행범이야. 아무리 변호를 잘 해도 소용 없다고. 도대체 어떤 변호를 할 수 있겠나? 만약 그렇게 된다면 흥미진진하겠는걸."

아브라함이 미소를 지으며 말했다.

"네, 나도 동감입니다."

축배

데이비드는 술에 잔뜩 취해 비틀거리며 예루살렘 거리를 돌아다니다가 경찰에 붙들렸다.

그는 보호실에서 하룻밤 신세를 지고 나서, 다음 날 아침 경찰서장에게 호출되었다.

서장은 점잖게 타일렀다.

"그렇게 술을 많이 마시다간 주위 사람들에게 폐를 끼칠 뿐만 아니라 자신이 사고를 당할지도 모르오. 이제부턴 조심하도록 해요. 도대체 웬 술을 그리 마셨소?"

"어제는 그럴 수밖에 없었어요. 저녁때 우선 한잔했죠. 서장님도 아시겠지만, 술을 한잔하면 새로운 인간이 태어난답니다. 그러고 성경에도 나오지만, 두 사람의 유대인이 만나면 우정을 축하하는 잔을 거듭하죠. 그래서 난 새로 태어난 또 한 사람의 유대인과 둘이서 우정을 축복하는 성대한 파티를 열었었지요."

당사자

초등학교에 다니는 벤자민이 학교에서 돌아와 아버지에게 말했다.

"아버지, 오늘 우리 선생님이 나밖에 대답할 수 없는 질문을 하셨어요."

"아니, 벤자민. 선생님의 질문에 너만 대답을 할 수 있었던 말이냐?"

아버지는 매우 기뻐하며, 아내를 불러 자랑스럽게 말했다.

"오늘 우리 벤자민이 저희 반에서 아무도 대답할 수 없는 질문에 답을 했다는군."

어머니 역시 대견스럽다는 듯 미소를 띠며 물었다.

"그래, 벤자민. 정말 기특하구나. 그런데 그 질문이 대체 뭐였니?"

"그건 말예요…… 교실 유리창을 깬 사람이 누구냐는 거였어요."

비극적인 25년

예루살렘의 어느 나이트클럽에 노래를 부르는 중간 중간 우스갯소리를 하며 돌아다니는 코미디언 겸 가수가 있었다.

그는 객석을 돌면서 손님을 붙잡고 '어디서 왔는가? 이스라엘에선 무엇을 하고 있는가? 이스라엘의 인상은 어떠한가?' 등의 질문을 하고 나서, 거기에 대해 우스갯소리를 하는 것이었다.

어느 날, 그는 여느 때처럼 객석을 돌다가 한 테이블 앞에 멈춰 섰다.

"당신은 어디에서 오셨습니까?"

테이블에는 유대계 미국인으로 보이는 초로의 부부가 앉아 있었다.

"미국의 시카고에서 왔습니다."

남편은 이렇게 대답을 하더니 갑자기 울기 시작했다.

그의 곁에는 다이아몬드 반지에 목걸이, 팔찌를 낀 부인이

앉아 있었는데, 매우 불쾌하다는 듯한 표정을 짓고 있었다.

남편이 앞에 놓인 술잔에 손도 대지 않은 채 계속 울어 대자, 코미디언이 그에게 물었다.

"도대체 당신은 왜 그렇게 울고 계시죠?"

그러자 곁에 앉은 부인이 대답을 가로챘다.

"오늘은 우리의 25주년 결혼기념일이랍니다. 그런데 이 얼간이 모제스가 아까부터 계속 울기만 하는 거예요."

코미디언은 다시 울고 있는 남편에게 물었다.

"부인 말씀대로 결혼 25주년 기념일이라면 유쾌하게 축배를 들어야지, 왜 계속 울기만 하십니까?"

그러자 남편은 더욱 소리 높여 울더니, 간신히 울음을 그치고 나서 입을 열었다.

"내 말 좀 들어 보시오. 사실은 결혼한 지 5년째 되는 날 아침에 난 여기 있는 내 아내 레베카를 죽이려고 했습니다. 하지만 대학까지 나온 지성인인 내가 무작정 사람을 죽일 순 없잖습니까? 그래서 잘 아는 변호사에게 아내를 죽였을 경우 어느 정도의 형벌을 받겠느냐고 물었었죠. 그랬더니 그가 육법전서를 들춰 보더니 20년 동안 감옥에 갇히게 될 거라고 하더군요. 그래서 못 죽였는데…… 차라리 그때 실행할 걸 그랬어요. 오늘이 결혼 25년째인데, 아직까지도 난 자유롭지 못하단 말입니다."

가르침

랍비 두 사람이 애기를 나누고 있었다. 전능하신 하느님께서 아담이 잠자고 있을 때 갈비뼈를 하나 빼내어 그것으로 이브를 만든 데 대한 것이었다.

"하느님의 능력이라면 그저 가볍게 입김만 불어도 이브를 만드실 수 있었을 겁니다. 그런데 무엇 때문에 굳이 아담이 잠자는 틈에 갈비뼈를 훔쳐 내어 만드셨을까요?"

"그야 어렵지 않은 문제죠. 인간에게 교훈을 내리실 의도였던 겁니다. 하느님은 훔친 물건치고 변변한 게 없다는 사실을 가르치시려 하셨던 거였소."

가장의 고민

폴란드의 어느 마을에 유대인 부부가 살고 있었다.

학교 선생인 남편은 이웃 마을의 학교로 발령을 받아 그곳에서 혼자 살게 되었는데, 아내와 아이들이 있는 자기 집에 1년에 한 번밖에 오지 않았다. 유대인들은 원래 가정을 매우 소중하게 생각하는데 말이다.

그 선생이 자기 집에 온 날, 랍비가 그의 집을 방문했다.

"어째서 집에 자주 들르지 않습니까? 그렇게 먼 거리도 아니니 주말마다 올 수도 있을 텐데요."

그러자 선생이 고개를 저으며 대답했다.

"랍비님, 제가 1년에 한 번씩만 집에 오는 데는 다 이유가 있습니다. 생각해 보십시오. 제가 이웃 마을의 학교로 부임해 간 지 벌써 8년이 되는데, 그동안 제 아내는 여덟 명의 아이를 낳았습니다. 그런데 매 주마다 제가 집에 온다면 도대체 애가 몇이 되겠습니까?"

최악의 것

이스라엘에서 이상적인 생활을 말해 보라고 하면…… 미국의 월급을 받고, 일본 여자를 아내로 맞이하고, 중국 요리를 먹고, 영국식 저택에서 사는 것이라고 한다.

물론 이러한 주제에 대한 우스개 이야기는 이스라엘뿐만 아니라 세계의 많은 나라에서 널리 말해지고 있는 것이기도 하다.

어느 파티에서 '그렇다면 어떤 것이 최악의 생활일까?'에 대한 이야기가 나왔다.

한 사람이 말했다.

"중국의 월급을 타고, 일본식 집에서 살며, 영국인 요리사를 두는 거겠죠."

그러자 다른 사람이 물었다.

"그렇다면 어느 나라 여자를 아내로 맞이하는 것이 최악일까요?"

그러자 모두의 의견이 금방 일치되었다.

"그야 미국인 여자를 아내로 맞는 거죠."

권 리

유대인 거리는 항상 혼잡하지만, 오후 5시가 되면 퇴근하는 사람들과 쇼핑하고 돌아가는 주부들 때문에 더욱 붐빈다. 그래서 이때쯤이면 버스 정류장에도 기다란 줄이 늘어서 있게 마련이다.

사라는 백화점에서 모자와 구두, 스커트, 핸드백, 화장품 등등 열아홉 가지나 되는 물건을 사 가지고 나오는 길이었다. 양팔에 쇼핑백을 몇 개나 걸치고, 양손으로는 상자를 잔뜩 안은 채 몸에 착 달라붙는 옷을 입은 그녀는 그런 모습으로 정류장의 선두에 서서 버스를 기다렸다.

이윽고 버스가 와서 멈췄다. 그러나 사라는 좀처럼 버스에 탈 수가 없었다. 양팔과 손에 무거운 짐을 든 데다 몸에 꼭 끼는 옷을 입은 상태여서 높은 승강대에 오를 수가 없었던 것이다.

그래서 스커트의 지퍼를 좀 내리면 오를 수 있으리라 생각하고, 그녀는 양손에 들고 있던 짐을 가까스로 한쪽에 몰아든 다음 스커트 뒤쪽에 붙은 지퍼를 조금 열었다. 그러자 뒤에 서 있던 젊은 남자가 느닷없이 그녀를 번쩍 안더니 버스 위로 올려 주었다. 덕택에 사라는 버스에 올라 자리에 앉을 수 있었다.

그런데 그녀를 안아 버스에 올려 준 남자가 곁에 앉더니 손을 잡고 영 놓아 주질 않는 것이었다. 남자가 어느 정도 괜찮게 생겼다면 그녀도 가만히 있었을 터이지만, 그는 형편없는 추물인 데다 손까지 땀으로 축축해져 있어서 몹시 기분이 나빴다.

마침내 사라는 냉담하게 말했다.

"이 손 좀 놓으세요! 아무리 내가 차에 오르지 못해 쩔쩔매고 있었기로서니, 생전 처음 보는 사람을 안아 올려 준다는 것 자체가 뻔뻔스런 일 아닌가요? 게다가 이렇게 손까지 잡고선……. 어서 놔요."

그러나 그 남자는 그녀를 잡은 손에 더욱 힘을 주면서 말했다.

"그렇지만 아가씨, 아가씨가 내 바지 지퍼를 세 번씩이나 열어젖혔으니 손을 잡는 것 정도는 괜찮은 것 아니오?"

여자의 허영

퇴근을 하여 집에 돌아온 벤자민이 아내 레베카에게 말했다.

"오늘 시내 바에서 우체부가 자랑삼아 늘어놓는 소리를 들었는데, 우리 아파트에서 딱 한 사람을 빼놓고는 모든 주부들과 키스를 했다는 거야."

"그래요? 그렇다면 그 여자는 아래층의 스샤일 거예요. 그렇게 못생긴 여자는 또 없을 테니까요."

그러시다면……

모피상으로 많은 돈을 번 아인슈타인은 새로 들어온 여비
서에게 홀딱 반하고 말았다. 그래서 그는 매일 고급 레스토랑
에 가자고도 하고, 값비싼 보석 반지를 사 주겠다고도 했다.
그런가 하면 자기 회사에서 가장 비싼 모피 코트를 선물로
주겠다고 하며 치근덕거렸다. 그러나 여비서는 전혀 흔들리
지 않았다.

그녀가 거절하면 할수록 아인슈타인은 더욱 애가 타서 안
달을 했다.

그가 날이 갈수록 점점 더 집요하게 그녀를 유혹하자, 여비
서도 더 이상은 견디기 힘든 모양이었다.

오늘도 아인슈타인은 여느 때와 다름없이 그녀를 불러 다
시금 치근덕거리기 시작했다.

"이봐, 내가 공중에 붕 뜰 것 같은 대답을 좀 해 줘. 제발!"

"그러시다면 목을 매달면 될 텐데요."

참기 힘든 환희

아브라함은 급한 볼일이 생겨 민스크에 가야만 했다. 알다시피 러시아의 한겨울은 몹시 매섭다. 꽁꽁 얼어붙은 도로 위에 눈보라가 무서운 기세로 내리꽂히고 있었다.

아브라함은 아내와 함께 겨우겨우 그 눈보라를 헤치고 민스크로 가기 위해 역마차를 탔다. 그가 민스크까지 가자고 하자, 마부는 보드카 냄새를 풀풀 풍기며 말했다.

"농담이시겠죠, 손님. 민스크로 가는 도로는 모두 꽝꽝 얼어붙어 있어요. 게다가 이렇게 눈보라까지 치니 앞이나 볼 수 있겠소? 이 눈보라가 가라앉을 때까지 기다리시는 게 좋을 겁니다. 한 사나흘은 계속될 모양이에요."

그러자 아브라함이 다급하게 반박했다.

"안 되오, 무슨 일이 있어도 가야 한다니까. 아주 중요한 거래이기 때문에 안 가면 큰일 난단 말이오. 당신은 이곳 핀스크에서 민스크까지 가는데 보통 10루블을 받았잖소? 하지만 이번엔……."

"글쎄, 안 된다니까요. 이런 날씨는 너무 위험해요. 저 눈보라 속에서 늑대가 한두 마리 정도 나타나는 줄 아십니까? 손님은 무서워서라도 도저히 못 갈 겁니다."

"아니, 난 무슨 일이 있어도 가야 하오. 자, 민스크까지 가는데 50루블을 내겠다니까. 알아듣겠소? 금화 50루블이란 말이오. 단, 한 가지 조건이 있소."

50루블이란 말을 듣자, 마치 일시에 눈보라가 그치고 햇살이 비쳐드는 것처럼 마부의 얼굴이 환하게 빛났다. 그가 눈을 반짝이며 물었다.

"그래, 그 조건이 뭡니까?"

"조건은 이렇소. 만약 민스크까지 가는 동안 내가 한 마디라도 소리를 내면 당신에게 50루블을 지불하겠지만, 그 대신 아무리 작은 소리라도 내지 않으면 당신이 나를 공짜로 태워주는 거요."

마부는 잠시 생각하더니, 이윽고 고개를 끄덕이며 흔쾌히 대답했다.

"좋소. 그럼 당장 떠납시다."

마차는 눈보라 속에서 꽁꽁 얼어붙어 매끄럽고도 울퉁불퉁

한 도로를 전속력으로 달렸다. 그러면서 돌에 채이고 얼음덩어리 위를 미끄러지는 등, 금방이라도 뒤집혀 버릴 듯이 요동을 쳤다.

그러나 아브라함은 아무 소리를 내지 않았다. 겁에 질려 얼굴이 사색이 되어 있었지만, 그는 이를 악문 채 참고 견뎠다.

마차는 더욱더 속력을 내기 시작했다. 좁은 길을 달리다가 살짝 얼어붙은 개울에 빠질 뻔하기도 하고, 커브 길에서는 당장에라도 벌렁 나자빠질 듯하기도 하면서 달렸다.

그래도 아브라함은 소리를 내지 않았다. 이제 민스크까지는 얼마 남지 않았다.

마지막 산길에 다다르게 되자, 마부는 차츰 조바심이 나기 시작했다. 마차는 절벽 옆의 아주 좁다란 길을 지나고 있었다. 마부는 공포에 질려 얼굴을 일그러뜨리면서도 연신 말을 채찍질해 댔다. 급커브가 보였으나 속도를 늦추지 않았다.

한편 아브라함은 마차의 한쪽 바퀴가 까마득한 절벽 위의 허공에 뜬 채 앞으로 나아가고 있다는 걸 알았지만, 사력을 다해 참아 내고 있었다.

그 길을 지나자, 어지러운 눈보라 사이로 민스크 시의 불빛이 아련히 보였다.

이윽고 마차가 민스크에 닿았다. 마부는 주머니에서 보드카를 꺼내 단숨에 들이키며 말했다.

"손님, 내가 졌소이다. 공짜로 해 드리죠."

그러자 아브라함이 대답했다.

"고맙소. 실은 한 가지 고백을 해야겠소. 나는 아까 하마터면 크게 소리를 지를 뻔했다오."

"아아, 아까 그 커브를 돌 때 말이죠? 나도 이제까지 그렇게 무서워 본 적이 없었소."

"아니, 무서운 거야 그럭저럭 참을 수가 있었죠. 하지만 아까 절벽의 커브에서 마차 문이 열리고 내 아내가 그 아래로 떨어질 때 하마터면 환성을 올릴 뻔했는데, 그걸 참기가 정말 힘들었단 말이오."

남편이 피하는 이유

아내가 남편을 향해 말했다.

"당신은 왜 내가 노래를 부를 때마다 발코니로 나가는 거죠? 내 노래가 그렇게 못마땅해요?"

"오, 아니야. 당신 노래는 참 듣기 좋아. 다만 이웃들에게 내가 당신을 두들겨 패는 것으로 오해받고 싶지 않아서 그래."

최소한

퇴근하여 집으로 돌아온 코엔은 아내 스샤가 젊은 남자를 끌어들여 바람피우고 있는 현장을 목격하게 되었다.

분노의 피가 끓어오른 코엔은 권총을 꺼내 상대편 남자가 아닌 아내 스샤를 사살하고 말았다.

이윽고 코엔은 재판에 회부되었다.

재판장이 물었다.

"그대는 어째서 아내를 죽였는가?"

"재판장님, 제가 만일 아내를 죽이지 않는다면, 남자를 도대체 몇이나 더 죽여야 될지 알 수 없기 때문입니다. 살인은 한 번 하는 것만도 끔찍한 일 아닙니까?"

실 물

프라하에서 50km쯤 떨어져 있는 유대인 마을에 사는 랍비는 기적을 행하는 사람으로 널리 알려져 있었다. 때문에 갖가지 문제를 지닌 사람들이나 환자들이 매일 그를 찾아와 기적에 의해 구원을 받았다.

어느 날 한 여인이 찾아왔다.

랍비의 비서가 그녀를 맞이하며 사연을 물어보자, 여인이 울면서 한 통의 편지를 꺼냈다. 그녀의 남편이 이혼을 요구하는 내용이었다.

비서가 물었다.

"부인은 기적을 믿습니까?"

"이곳의 랍비께서 기적을 행하신다는 건 전 유럽에 알려져 있는 사실입니다. 그래서 제가 밤차를 타고 파리에서 여기까지 달려온 것 아니겠어요?"

"그럼 잠시 기다려 주십시오. 랍비님께 편지를 보여 드리고 여쭈어보도록 하겠습니다."

여인은 한동안 대기실에서 기다렸다. 이윽고 비서가 돌아와서 말했다.

"랍비님께서 '지금으로부터 128시간 54분 12초 후에 남편이 당신에게 돌아올 것이오. 그리고 다시는 이혼 얘기를 꺼내지 않을 테니 걱정 마시오.'라고 말씀하셨습니다. 그러니 빨리 파리로 돌아가십시오."

여인은 울어서 퉁퉁 부은 얼굴에 웃음을 지어 보이며 그곳에서 나갔다.

그러자 비서가 랍비에게 돌아가 말했다.

"랍비님, 저는 랍비님께서 기적을 행하신다는 사실을 믿고 있습니다. 실제로 지금까지 계속 기적이 이루어지는 것을 제 두 눈으로 보아 왔으니까요. 그렇지만 방금 그 여인의 남편이 128시간 54분 12초 후에 돌아오리라는 것은 도무지 믿어지지 않습니다."

그 말에 랍비가 깜짝 놀라며 비서에게 물었다.

"내가 지금까지 예언한 것 중 이루어지지 않은 게 있었나?"

"아닙니다. 한 번도 없었습니다."

"그렇다면 어째서 이번 일은 믿어지지 않는다는 얘긴가?"

"랍비님께선 편지만 보셨지만, 저는 그 여인의 얼굴도 봤거든요."

능력

결혼도 못 해 보고 50세를 넘긴 노처녀가 있었다.

랍비가 물었다.

"당신은 왜 결혼하지 않았습니까?"

그러자 그녀가 되물었다.

"종일 재잘거리는 앵무새를 기르는 데다 집안을 늘 어지럽히는 개도 있고, 밤새도록 야옹거리는 고양이도 있어요. 게다가 손이 많이 가는 금붕어와 거북이도 기르고 있답니다. 그런데 어떻게 남편까지 키울 수 있겠어요?"

해결 방안

9년 동안 아홉 명의 아이를 낳은 가난한 집의 가장이 랍비에게 넋두리를 늘어놓고 나서, 해결 방안을 물었다.

"아무리 열심히 일해도 아이들이 잇달아 태어나서 늘 밥조차 제대로 못 먹는답니다. 아홉이나 되는 아이들과 아내를 어떻게 벌어 먹여야 될지 난감하기만 하니, 도대체 어떻게 해야 될까요?"

랍비가 대답했다.

"아무 일도 하지 마시오."

밖이 추워서

아이작과 스샤 부부가 방 안에서 책을 읽고 있었다.

스샤가 말했다.

"여보, 밖이 추우니 창문 좀 닫아 줘요."

아이작이 귀찮아서 꼼짝도 하지 않자, 스샤가 다시 말했다.

"여보, 안 들려요? 밖이 추우니 문을 닫으라고요!"

그러나 남편은 일어서려고도 하지 않은 채 계속 책만 읽고 있었다.

"여보! 귀가 먹었어요? 창문 좀 닫으라니까요!"

아이작은 그제야 할 수 없다는 듯 일어나서 창문을 닫으며 말했다.

"자, 이제 밖이 따뜻하겠지?"

마흔 살 된 텔아비브의 사교계 인사 루벤은 스무 살밖에 안 된 아가씨와 결혼했다.

나이 차가 스무 살이나 되기 때문에 사교계에선 이러쿵저러쿵 말이 많았다.

어느 날 루벤은 길에서 한 부유한 노부인과 마주쳤다. 이 노부인은 사교계에서 소문 퍼뜨리기로 유명한 사람인데, 루벤을 보자마자 주저 없이 그 얘기를 끄집어냈다.

"저…… 얘기를 들자니, 아주 젊은 부인을 얻으셨다고요?"

루벤이 고개를 저으며 대답했다.

"아닙니다. 저와 아내는 동갑인 걸요. 누가 그런 말을 합디까?"

노부인은 정확한 소식통임을 자부하고 있었으므로 기분이 좀 언짢았지만, 겉으로는 내색하지 않았다.

"아니, 난 부인이 소녀처럼 젊다는 말을 여러 번 들었는데요. 호호!"

"아닙니다. 그럴 리가 없어요. 우린 동갑이라니까요. 아내는 스무 살이고 저는 마흔 살이거든요. 그런데 같이 살다 보니 저는 10년이 젊어진 것 같고, 아내는 그만큼 더 성숙한 것 같은 느낌이 들죠. 그러니까 내 나이에서 열 살을 빼서 아내 나이에 보태면 둘 다 서른 살이 된다 이 말씀이에요."

여자의 희망

두 사람의 랍비가 토론을 하고 있었다.

한 랍비가 말했다.

"어째서 하느님은 아담을 먼저 만들고, 그 다음에 이브를 만드셨을까요?"

또 한 랍비가 대답했다.

"그야 간단하지요. 만약 하느님이 여자를 먼저 만드셨다면, 그녀의 희망을 들어주어야 될 게 아니겠소? 여자의 희망을 들어주다 보면, 아마 하느님은 다른 것은 아무것도 만드실 수 없으셨을 거요."

희한

한 남자가 어느 무덤 앞에 엎드려 하염없이 흐느껴 울고 있었다.

그가 너무나 오랫동안 그런 상태로 있었으므로, 걱정이 된 묘지기가 말을 건넸다.

"여보시오, 거기가 당신 어머니의 묘인가요? 아니면 형제의······?"

남자는 고개를 가로저었다.

"그렇다면 아내의 묘요? 그도 아니면 자식······?"

남자는 계속 흐느끼며 정신없이 고개를 가로저었다.

"그럼 누이의 묘인가요?"

남자는 여전히 흐느껴 울며 고개를 가로저을 뿐이었다.

묘지기는 더 이상 호기심을 참을 수가 없어서 다그치듯 물었다.

"그럼 도대체 누구의 묘란 말이오?"

남자는 눈물을 줄줄 흘리며 대답했다.

"지금은 내 아내가 된 여자의 전 남편 무덤이랍니다."

부조화

모제스는 미인인 데다 정숙하고 일 잘하는 성실한 아내와 살고 있었다.

그 모제스가 랍비를 찾아와 이혼을 허락해 달라고 말했다.

랍비가 물었다.

"모제스, 도대체 왜 이혼을 하겠다는 거요? 그토록 현숙한 데다 그만한 미모를 갖춘 여자도 없는데 말이오."

그러자 모제스는 오른쪽 구두를 벗어 랍비에게 내밀며 슬픈 표정으로 말했다.

"보십시오, 랍비님. 이건 아주 좋은 가죽으로 만든 최고급 구두입니다. 하지만 아무리 좋아도 내게 맞지 않으면 무슨 소용이 있겠습니까?"

완전한 불신

결혼한 지 1년이 된 레베카가 친정 나들이를 갔다.

그녀를 반갑게 맞이하는 주변 사람들이 물러나자, 친정어머니와 둘만 남게 되었다.

그녀는 친정어머니에게 남편인 야곱이 거짓말을 일삼는다고 하소연을 했다.

여자들은 확실히 동물적인 예리한 직감력이 있어, 여러 일을 꿰뚫어보거나 예감하는 모양이다.

"하지만 레베카, 그가 거짓말을 한다는 걸 어떻게 알 수 있지?"

"왜 그걸 몰라요? 난 야곱이 거짓말을 하면 바로 알아차릴 수 있어요."

"얘야! 난 네 아버지랑 오랫동안 살아왔지만, 언제 거짓말을 하는지 지금도 잘 모른단다."

"어머니! 글쎄…… 나는 틀림없이 안다니까요!"

"도대체 그걸 어떻게 알 수 있는 말이야?"

"야곱이 거짓말을 할 때는요, 틀림없이 입을 벌리고 입술을 움직이거든요."

말년의 데이트

올해로 80세가 된 야곱의 어머니는 아침부터 한껏 들떠 있었다. 이웃에 사는 노인으로부터 데이트 신청을 받았기 때문이었다.

저녁때가 되자, 어머니는 정성껏 치장을 하고 집을 나섰다.

야곱은 손수 저녁을 지어 먹고 책을 읽으면서 어머니가 돌아오기를 기다렸다. 그러나 밤이 이슥해졌는데도 좀처럼 돌아오는 기척이 없었다.

10시…… 12시…… 12시 30분이 다 되었을 때, 이윽고 어머니가 돌아왔다.

야곱이 반갑게 맞으며 물었다.

"어머니, 데이트는 어떠셨어요?"

"글쎄, 내가 그 영감을 세 번이나 발로 차야 했단다. 아주 형편없는 영감이더구나!"

야곱은 85세나 된 이웃집 노인을 머릿속에 그려 보면서 믿어지지 않는다는 듯이 물었다.

"설마 이상한 짓을 하려고 든 건 아니겠죠?"

그 말에, 야곱의 어머니는 고개를 저으며 대답했다.

"아니야. 난 그 영감이 죽은 줄 알았다니까."

세상살이

한 부인이 랍비에게 의논할 일이 있다고 찾아왔다.

남편의 성격이 너무 거칠고 폭력적이어서 이혼하고 싶다는 것이었다.

그런데 그녀에겐 이혼에 걸림돌이 되는 이유가 한 가지 있었다. 아이가 모두 아홉인데, 남편과 똑같이 나누어 기르고 싶지만 홀수이므로 나눌 수가 없다는 것이었다.

머리 좋은 랍비가 현명한 제안을 했다.

"그럼 1년만 더 함께 살다가 애가 하나 더 생기면 그때 이혼하시오."

그로부터 1년 6개월이 지난 다음, 랍비는 그 부인과 우연히 마주치게 되었다.

랍비가 웃음을 띠며 물었다.

"어떻습니까, 부인? 일은 잘 됐나요?"

"아뇨."

"하지만 출산 소식을 들었는데요……?"

"네, 아이를 낳긴 낳았는데 그게 쌍둥이지 뭐예요."

변화

결혼한 야곱이 아직 독신으로 있는 친구 야곱에게 말했다.

"결혼하고 나서부터 아내와의 관계가 많이 변했다네."

"어떻게 변했는데?"

"결혼 전엔 주로 내가 얘기를 하고 레베카가 들었지. 그런데 결혼 후엔 레베카가 혼자 떠들고 내가 듣게 되더군. 그러다가 결혼한 지 3년이 지나니까 서로에게 큰 소리를 질러 대고, 그걸 이웃들이 듣게 되더라니까."

20세기가 낳은 천재적인 피아니스트 타마셰프스키가 어느 도시에서 연주회를 끝냈다.

엄청난 박수갈채를 받으며 무대 뒤에서 나와 복도로 나서는데, 앞쪽에 젊은 여인이 양팔에 아기 하나씩을 안고 서 있었다.

그가 무심코 지나치려 하자, 여인이 그를 불러 세웠다.

"타마셰프스키 씨!"

타마셰프스키는 걸음을 멈추고 뒤돌아서 여인을 바라보았다. 하지만 한 번도 본 적이 없는 낯선 얼굴이었다.

그러나 여인은 매우 서글픈 듯한 어조로 말을 꺼냈다.

"나를 기억하고 계시겠죠? 꼭 1년 반 전에 당신은 나와 정열적인 하룻밤을 보냈었잖아요. 그 결과로 이 아이들이 태어났답니다."

타마셰프스키는 만찬회 약속이 있어 몹시 바빴으므로, 이렇게 대답했다.

"그것 참 축하하오! 잘 기르시오."

끝내 그 여자를 기억해 내지 못한 그가 재빨리 그 자리를 뜨려 하자, 여인이 그를 쫓아오며 말했다.

"타마셰프스키 씨, 얼마 전에 부모를 잃고 형제들마저 뿔뿔이 흩어져 애를 기르기는커녕 내 생계조차 막연하답니다. 이 아이들을 잘 기르고 싶어도 그럴 수가 없어요. 제발 부탁이니, 양육비 좀 주지 않겠어요?"

그 말을 들은 타마셰프스키는 어쩌면 자기가 그런 일을 저질렀을지도 모른다는 생각이 들어, 상의 주머니에서 다음 연주회의 입장권을 몇 장 꺼내어 여인에게 주었다.

여인은 연주회 입장권을 받아 들더니 눈물을 흘리며 신경질적으로 소리쳤다.

"타마셰프스키 씨! 내가 바라는 것은 먹을 음식이지, 음악회 입장권이 아니에요! 이따위 것이 무슨 소용이 있겠어요? 나는 빵이 필요하단 말이에요, 빵!"

그러자 타마셰프스키가 태연한 얼굴로 대꾸했다.

"그렇다면 1년 반 전에 빵집 남자하고 잘 것이지!"

　란코비츠는 마을에서 가장 큰 부자이지만, 동시에 가장 인색한 구두쇠였다.

　그런 그가 감기로 고열에 시달리다 못해 병원에 갔다.

　란코비츠는 현관에 들어서자마자 '초진료 10달러, 그 다음부터는 진찰비 5달러'라고 씌어져 있는 것을 보았다.

　그는 의사를 만나자마자 이렇게 말했다.

　"이거, 또 찾아뵙게 되었습니다."

　의사는 청진기를 꺼내 들고 목, 눈, 귀 등을 살피고 나서, 그의 증상에 대해 필요 이상으로 많은 질문을 했다.

　마침내 진찰을 끝낸 의사가 이렇게 말했다.

　"지난번에 알려 드린 조처와 똑같이 하십시오."

훌륭한 랍비

각기 다른 마을에 사는 사람 둘이서 이야기를 나누고 있었다.

"우리 마을의 랍비는 독일에 가서 공부하고 왔다더군. 아주 박식한 분이야. 어제 처음으로 설교를 했는데 참으로 훌륭했었지."

"뭐라고 했는데?"

"그거야 알 수 있나? 아마 그분이 하는 말을 알아듣는 사람은 우리 마을에 아무도 없을 거야."

초 조림 청어

유대식 요리만 전문으로 파는 곳을 코샤 레스토랑이라고 한다.

어느 날, 뉴욕의 코샤 레스토랑에 거구의 아일랜드인 경관이 들어와 주인인 시몬에게 물었다.

"도대체 어째서 유대인은 그처럼 머리가 좋은 거요? 아무래도 무슨 비밀이 있음에 틀림없어요. 그 비밀을 내게 좀 가르쳐 주시오."

시몬은 크리스천에게 유대인의 비밀을 가르쳐 줄 필요는 없다고 생각했다. 게다가 그 경관의 태도가 거만하기 짝이 없어서 마음에 들지 않았다. 그래서 시몬은 이렇게 대답했다.

"우리 유대인들의 머리가 좋은 것은, 매일 저녁 초에 조린 청어를 먹기 때문이라오."

그때부터 아일랜드인 경관은 매일 저녁 6시면 어김없이 나타나 초에 조린 청어를 주문해서 먹었다.

그로부터 6개월이 지난 어느 날, 그 경관이 분노를 참느라 입술을 지그시 깨물며 코샤 레스토랑에 들어섰다. 그런데 그 날은 여느 때처럼 초 조림 청어를 주문하지 않고 곧장 시몬에게로 다가섰다. 그리고는 떨리는 목소리로 따져 물었다.

"당신은 이제까지 나한테 초 조림 청어 1인분에 40센트씩 받아왔지? 그런데 밖에 씌어 있는 메뉴를 보니 1인분에 35센트잖아! 여태껏 나를 속여 온 거지!"

그러나 시몬은 조금도 당황하지 않고 대답했다.

"그거 보시오. 내가 뭐랍디까? 이제 초에 조린 청어의 효험이 나타나기 시작했잖소."

상속 조건

하이네는 임종이 다가왔음을 느끼자, 친구에게 유언을 했다.

"내가 죽으면 전 재산을 내 아내 마티르데에게 상속하되, 단 그녀가 재혼한다는 조건을 붙여야 하네."

친구는 어리둥절해하며 물었다.

"그게 무슨 뜻인가?"

"적어도 한 사람쯤은 나의 죽음을 진심으로 이해하고 애도해 줄 것을 바라기 때문이라네."

큰 불행

담배 가게를 하고 있는 아브라함에게 한 손님이 와서 말했다.

"제일 질이 좋은 시거로 하나만 주시오."

아브라함은 그에게 시거 하나를 건네주고 50센트짜리 은화를 받았다.

손님은 성냥을 그어 시거에 불을 붙이고는 한 모금 깊숙이 빨아들였다. 그러더니 이내 기침을 해대기 시작하며 아브라함에게 소리쳤다.

"이봐! 이렇게 형편없는 시거가 어디 있소? 지금까지 이처럼 질 나쁜 시거를 피워 보기는 처음이야. 이런 걸 팔아먹다니!"

그러자 아브라함이 정색을 하고 말했다.

"그래도 손님은 운이 매우 좋은 편입니다."

"뭐라고?"

"손님은 그걸 하나밖에 안 가지고 있지만, 불행하게도 난 스무 박스나 가지고 있단 말이오."

나쁘지 않은 도둑

아인슈타인이 수표를 현금으로 바꾸기 위해 차를 불러 타고 은행에 갔다.

그는 용무를 끝내고 차로 돌아온 후에야 자신의 코트가 없어져 버린 걸 알았다.

여러 사람들이 그를 에워쌌는데, 그중의 한 남자가 말했다.

"당신이 나빠요. 코트를 눈에 띄지 않게 잘 간수해 두었어야지."

이번에는 그 옆에 있던 사람이 나서서 말했다.

"아니야. 운전기사가 나빠. 그가 주의하지 않았기 때문이야."

그러자 또 다른 남자가 입을 열었다.

"사실은 은행 수위가 부주의했어."

이번에는 또 다른 사람이 말했다.

"도둑이 코트 훔쳐가는 것을 발견했어야 해."

그러자 나이 지긋한 사람이 말했다.

"맞았어. 그들 세 사람이 모두 나빴어. 나쁘지 않은 사람은 도둑뿐이야. 그만은 자기 일에 충실했거든."

황금 송아지

저명한 작가 데이크에게 한 남자가 물었다.

"유대인들은 왜 사막에서 황금 송아지를 만들었나요?"

"그야 간단하지요. 황소를 만들기엔 금이 모자랐던 거지요."

양복점을 경영하는 야곱이 옷감을 사들이기 위해 여행길에 나섰다.

그러다가 어느 날 한 유대인 마을의 자그마한 여관에 묵게 되었다.

아침이 되자 야곱은 수면 부족으로 인해 몹시 피곤한 얼굴로 내려와 볼멘소리로 주인에게 말했다.

"여긴 정말 형편없는 여관이오!"

여관 주인도 야곱만큼 불쾌한 얼굴로 대꾸했다.

"도대체 왜 그러시오? 뭐가 어쨌다는 거요?"

"어젯밤에 죽은 이 한 마리가 침대에 있었단 말이오."

주인은 그 말을 듣고 나서 더욱 거친 목소리로 대꾸했다.

"아니, 손님! 침대에 죽은 이 한 마리가 있었다고요? 그래, 그 죽은 이 한 마리가 손님을 물거나 간질이기라도 했단 말입니까? 그 따위 일로 지금 내게 시비를 거는 거요?"

주인이 눈을 비비며 도로 안으로 들어가려고 몸을 돌리자, 야곱이 소리쳤다.

"이것 보시오! 얘기를 끝까지 들어 봐요. 물론 죽은 이가 날 물거나 내 몸 위를 기어 다니진 않았소. 하지만 그게 굉장히 유명한 놈이었던지, 친척과 친구들이 다 모여들어 밤새도록 아주 성대한 장례식을 올리더란 말이오!"

어느 아랍인이 파리 시내 한복판에다 카펫을 펼쳐 놓고서 팔고 있었다.

"무슈, 이 근사한 카펫을 사십시오. 내가 손수 짜서 가져온 겁니다."

한 프랑스인이 발을 멈추고 서서 카펫을 찬찬히 살펴보았다. 확실히 여느 카펫보다 아름답고 질이 좋았으므로 값을 물었다.

아랍인이 대답했다.

"이것은 여기 있는 것들 중에서도 최상품이기 때문에 500 프랑은 받아야 합니다. 이걸 짜는 데 꼭 3개월이 걸렸죠. 게다가 이건……."

그러자 프랑스인이 얼굴을 찌푸리며 말했다.

"아니, 그만두겠소. 이렇게 지독한 냄새가 나서야 원……."

아랍인은 필사적으로 말했다.

"아닙니다, 이 카펫에선 아무런 냄새도 나지 않아요. 냄새는 나한테서 나는 거라고요."

사인의 이유

한 남자가 리퍼만을 만나자 물었다.

"화가는 왜 사인을 반드시 그림의 오른쪽 아래에다 하는 겁니까?"

"그것은 그림을 소유하게 된 사람이 거꾸로 걸지 않도록 하기 위해서죠."

예수의 아류

어떤 크리스천이 하이네에게 말했다.

"당신은 예수와 같은 민족이 아닙니까? 내가 당신이라면 굉장히 자랑을 하겠습니다만……."

"나도 그렇답니다. 단, 예수밖에 아무도 없다면 말입니다."

모제스는 미국의 한 작은 마을에서 모자가게를 운영하고 있었다.

그런데 그의 가게 앞에 매일 근처 꼬마들이 몰려와서 '유대 놈! 유대놈!' 하며 외쳐 대곤 했다.

어느 날 저녁, 모제스는 그 아이들에게 똑같이 25센트씩을 나눠 주며 '고맙다, 애들아.' 하고 말했다.

다음 날도 아이들이 모여서 '유대놈! 유대놈!' 하고 떠들었다.

저녁때가 되자 모제스는 또다시 아이들에게 15센트씩을 나누어 주었다. 그 다음 날도 역시 그는 10센트씩을 주었다.

그러고 다음 날, 아이들은 다시 몰려와서 어느 때처럼 '유대 놈! 유대놈!' 하고 외쳐 댔다.

아이들은 저녁때가 되자 모제스가 나타나기를 기다렸다.

이윽고 그가 나오더니 양손을 벌려 보이며 아무것도 없다는 시늉을 해 보였다.

아이들이 이상하다는 듯이 물었다.

"아저씨, 오늘은 왜 돈을 안 주는 거예요?"

그러자 모제스가 말했다.

"얘들아, 그동안 열심히 선전을 해 줘서 고마웠다. 하지만 이젠 돈이 다 떨어졌단다."

그 다음 날부터 아이들은 모습을 나타내지 않았다.

거 래

어느 날, 양복점을 운영하고 있는 코엔에게 이웃 마을의 골드버그로부터 대량 주문이 들어왔다.

그래서 코엔은 편지를 썼다.

'언제나 저희들을 아껴 주시고, 이번에도 또 대량 주문을 해 주신 데 대해 감사를 드리는 바입니다. 그런데 단 한 가지, 이번 주문에 응해 드릴 수 없는 이유가 있습니다. 지난번에 납품한 상품대를 지불받지 않고서는 이번의 주문에 응하기가 대단히 곤란합니다. 죄송합니다.'

골드버그에게선 즉시 답장이 왔다.

'이번에 주문한 것은 대단히 급한 것이므로, 유감스럽지만 그렇게 기다릴 수가 없습니다. 그래서 다른 양복점에 부탁하기로 결정했습니다.'

말똥 담배

아브라함은 어느 도시에서 담배 공장을 경영하고 있었다.

그런데 그의 공장에서 만드는 담배가 너무 맛이 없어서, 그 도시 사람들은 담배 속의 반은 말똥이라고들 비아냥거렸다.

물론 정말로 그럴 리가 없다고 생각하지만, 농담으로 그랬던 것이다.

어느덧 세월이 흘러 아브라함이 임종의 순간을 맞게 되었다.

그 도시 사람들은 그의 담배를 반은 말똥이라며 깎아내린 것이 후회되어, 대표를 뽑아 그에게 사과하러 보냈다.

"아브라함 할아버지, 정말 저희들이 나빴어요. 할아버지네 담배가 반은 말똥이라고 깎아내리며 말똥 담배라는 별명까지 붙였거든요. 아무리 농담으로 그랬다 해도 그건 나쁜 짓이었어요. 죄송합니다. 부디 용서해 주세요."

그러자 아브라함이 숨을 헐떡이며 말했다.

"확실히 여러분은 내 담배를 중상 모략했소⋯⋯. 내 담배의 반이 말똥이라니, 그건 말도 안 되는 얘기지⋯⋯. 사실은 100퍼센트 말똥이었단 말이오!"

완벽한 마술

마술사인 아이작은 아주 영리한 앵무새 퐁피의 주인이었다. 퐁피를 데리고 하는 흥행은 언제나 대성공이었다.

아이작은 천재적인 재능을 가진 마술사이기도 하지만, 사실 퐁피의 도움이 컸다.

3년이 지나고 4년이 지났다. 해가 갈수록 퐁피는 더욱더 총명해졌다.

최근 들어서는 똑같은 마술을 서너 번 되풀이하면 퐁피가 그 술수를 죄다 알아차려서, 마술이 채 끝나기도 전에 관람석을 향해 그 속임수를 폭로해 버리곤 했다.

이렇게 퐁피가 비밀을 폭로할 때마다 아이작은 다시 머리를 싸매야 했다. 이대로 가다가는 실업자가 되기 십상이었으므로 그는 정말 곤혹스러웠다.

아이작이 알아듣도록 타이를 때마다 퐁피는 날카로운 목소리로 '알았어, 알았다니까.' 하고 대답했으나, 새로운 쇼가 시작된 지 사나흘 후면 영락없이 아이작이 고안해 낸 마술의 속임수를 간파하고 관람석을 향해 폭로해 버리는 것이었다.

절망에 빠진 아이작이 어찌할 바를 몰라 걱정하고 있을 때, 그의 친구 야곱이 이스라엘에 한번 가 보라고 권했다.

"예루살렘의 한 마을에 아주 현명한 랍비님이 계시다는 얘기를 들었네. 그분과 의논하면 아마 좋은 방법을 가르쳐 주실 걸세."

다음 날 아이작은 예루살렘의 랍비에게 편지를 썼다. 이러 저러한 사정 얘기를 늘어놓은 그는 그곳으로 갈 테니 꼭 자신을 만나 달라고 부탁했다.

그로부터 2주일 후에 랍비로부터 찾아오라는 답장이 오자, 아이작은 퐁피를 데리고 이스라엘로 향하는 여객선에 올랐다.

그런데 항해 중 태풍을 만나 가녀린 나뭇잎처럼 흔들리던 여객선이 엄청난 파도가 연달아 내려치자 마침내 서서히 침몰하기 시작했다. 한 순간 밑에서부터 우지직 하는 소리가 나더니, 결국 배가 두 동강이 나면서 가라앉으려 했다. 선원이고 승객이고 할 것 없이 다들 비명을 지르며, 무엇이든 잡을 만한 것을 찾아 갑판 위를 뛰어다니며 난리를 쳤다.

물론 아이작도 이들과 함께 악을 써 대며 춤추듯이 뛰어다 녔으나 퐁피만은 냉정했다.

이윽고 배가 완전히 가라앉고 말았다.

태풍이 지나가고 나자, 바다는 마치 아무 일도 없었던 듯 고요하고 평화로워졌다.

다행히도 아이작은 퐁피를 데리고 구명보트를 탈 수 있었 으나, 보트 위에는 그들 둘뿐이었다. 아무리 주위를 둘러봐도 침몰한 배에 탔던 사람이나 섬 그림자 하나 보이지 않았다.

아이작이 퐁피에게 말했다.

"퐁피, 우린 이렇게 살아남았으니 다행이다."

그러나 폭풍이 일고 나서 지금까지 퐁피는 입을 굳게 다물 고 있었다.

시간이 지나 해가 뉘엿뉘엿 지기 시작했다.

아이작은 견딜 수 없어 하며 소리쳤다.

"퐁피야, 무슨 말이든 한 마디만이라도 해 봐! 이 넓은 바다 에 우리 둘밖에 없잖아! 제발 무슨 말이든 해 보라니까! 태풍 에 놀라서 말이 안 나오는 거니?"

그래도 퐁피는 아무 말도 하지 않은 채, 그 크고 동그란 눈을 들어 아이작을 빤히 바라보고만 있었다.

밤이 되어 하늘에 별들이 빛나고 둥근 달이 보이자, 아이작이 다시 말했다.

"퐁피야, 제발 한 마디만 해 봐! 너 정말 머리가 어떻게 됐니?"

그러자 퐁피가 가까스로 입을 열었다.

"네가 배를 어디에다 감췄는지, 아무리 애써 봐도 생각해 낼 수가 없단 말이야."

최소한의 희망

한 레스토랑에 들어간 손님이 수프가 나오자 큰 소리로 주인을 불렀다.

"이 수프 속에 있는 검은 게 도대체 뭐요?"

"검은 보리가 한 톨 떨어졌군요. 그게 어쨌단 말씀입니까?"

손님은 다시 물었다.

"그럼 양쪽에 세 개씩 달려 있는 이 다리는 뭐요?"

주인은 여전히 뻔뻔스럽게 대답했다.

"다리가 달렸다고요? 그럼 어떻소?"

"이건 보리가 아니라 파리란 말이오. 틀림없소."

"아니, 그게 또 파리이기로소니 무슨 대수요?"

"그렇다면 최소한 수프에 물살이나 일으키지 않도록 잘 얘기해 주시오."

얼간이

얼간이 사립 탐정 시몬은 근무 시간에 늘 졸기만 했다. 그러다 보니 일이 제대로 될 리 만무했다.

이웃 마을에 사는 그의 친구 아브라함이 보석상을 경영하여 큰 성공을 거두자, 시몬이 사는 마을에 지점을 내고 그곳의 경비를 시몬에게 맡겼다. 아브라함과 친구인데다가, 무엇보다도 시몬에 관한 평판을 모르고 있었기 때문이었다.

시몬으로서는 정말 오랜 만에 얻은 일자리이고, 하루에 30달러씩이나 받기로 했으므로 아예 상점에서 숙식을 하기로 작정했다.

처음 일주일은 평화롭게 지나갔다. 시몬은 되도록이면 낮에 자고 밤엔 깨어 있으려고 노력했지만, 평소의 버릇이 나타나 밤에도 꾸벅꾸벅 졸기 일쑤였다.

하여간 그렇게 해서 대충 일주일을 넘기고 여드레째 되는 날 밤, 시몬이 상점 안에 있는 긴 의자에 누워 정신없이 자고 있는 사이에 도둑이 들어 몇 만 달러어치의 보석을 훔쳐 달아났다.

다행히 보험에 들어 있었으므로 큰 손해는 없었지만, 보험금이 지급될 때까지 한참을 기다려야 했다. 그러다 보니 보험금이 지급될 때까지 진열 상품의 수가 줄어들어 사업에 지장이 생겼다.

아브라함은 친구이므로 한 번은 용서했지만, 다음번에 이런 일이 또 일어난다면 해고시키겠다고 경고했다. 시몬은 마음속으로 이제 다신 졸지 않을 것이며, 더욱이 그렇게 잠에 흠뻑 빠지진 않겠노라고 굳게 다짐했다.

또한 시몬은 자기가 경비를 맡고 있는 한 도둑이 다시 들 것이라고 생각되어, 자신의 전 재산인 400달러를 털어 고급 카메라를 샀다. 그러고는 진열장 위에 가짜 보석들을 잔뜩 늘어놓은 다음, 만일 자신이 깊이 잠들었다 해도 도둑이 들면 자동적으로 사진이 찍히도록 카메라를 장치해 놓았다.

이번에 보석 도둑을 잡기만 하면 널리 소문이 돌아 또다시 얼간이 사립 탐정이란 소리를 듣지 않게 될 터였다.

그는 첫날과 그 다음 날 밤을 꼬박 지새우고 아침을 맞이했다. 그러나 셋째 날엔 평소의 버릇이 나오는 바람에 잠깐 존다는 게 그만 깊은 잠에 곯아떨어지고 말았다.

새벽녘이 되어 눈을 뜬 시몬은 차가운 공기가 들어오는 기미에 깜짝 놀라서 벌떡 일어났다. 실내를 살펴보니 도둑이 들었던 흔적이 역력했다.

"됐다! 도둑이 들었구나!"

그는 그렇게 소리치며 우선 불을 켜고 카메라를 찾았다. 그러나 가짜 보석들은 얌전히 제자리에 있었는데, 전 재산을 털어 구입한 카메라는 깨끗이 사라져 버리고 없었다.

윤리

알다시피, 박사 학위를 따지 못한 사람은 인생의 낙오자라고 생각할 정도로 유대인들의 교육열은 대단하다. 때문에 제대로 교육을 받지 못한 유대인 부모들은 무슨 짓을 해서든 자식을 가르치려고 온갖 노력을 아끼지 않게 마련이다.

미국으로 이민 와서 친구와 함께 상점을 경영하고 있는 조슈아 역시 장사로 번 돈을 거의 모두 자식의 교육비에 쏟아 넣었다. 덕분에 그의 아들은 뉴욕의 컬럼비아 대학에 입학했다.

여름방학이 되어 아들이 집으로 돌아오자, 조슈아가 물었다.

"야곱, 넌 대학에서 어떤 공부를 하느냐?"

야곱이 시원스럽게 대답했다.

"사회학, 계량경제학, 형태인류학, 근대 라틴아메리카 역사, 아메리카 역사, 국방경제학…… 그리고 윤리를 배우고 있어요, 아버지."

그중에서 조슈아가 알아들은 것은 맨 끝의 윤리라는 단어

뿐이었다.

"아, 윤리 말이냐? 그거라면 나도 좀 알지. 실은 어떻게 하면 좋을지 알 수 없어서 고민하고 있는 문제가 있는데 말이다……. 윤리적 문제야."

"말씀해 보세요, 아버지."

"음…… 지금까지 15년간 매일 아침 우리 상점에 들러서 〈뉴욕 타임스〉와 담배 한 갑을 사 가는 손님이 있단다. 그 손님은 언제나 아침 9시 직전에 와서 1달러짜리 지폐를 내밀지. 이젠 나도 익숙해져서 아침마다 상점 문을 열면 〈뉴욕 타임스〉 한 부와 담배 한 갑을 세트로 마련해 놓거든. 50센트짜리 동전도 함께 말이야. 오늘 아침에도 어김없이 그 손님이 왔었지. 나도 늘 해 왔던 것처럼 〈뉴욕 타임스〉 한 부와 담배를 건네주고 돈을 받은 다음 거스름돈 50센트를 주었단다. 그런데 손님이 나가고 1달러짜리 지폐를 금고에 집어넣으려고 보니까, 그게 10달러짜리 지폐지 뭐냐? 손님이 잘못 알고 10달러짜리를 준 거지. 그래서 지금 고민하는 거야. 내가 그 10달러짜리를 받은 사실을 동업자에게 말해야 될지 말아야 될지……."

어느 마을의 랍비와 교사가 이야기를 나누고 있었다.

교사가 말했다.

"세상살이는 모순투성이에요. 이 마을도 예외가 아니죠. 부자들은 후불로도 물건을 살 수 있는데, 가난한 사람들은 선금을 내지 않으면 아무것도 살 수 없으니까요."

"그야 간단한 이치지요. 부자는 돈이 있고, 가난한 사람은 돈이 없잖습니까? 그러니 장사꾼들이 부자에게 외상을 주는 것은 당연하지요. 하지만 돈이 없는 사람들에게도 외상을 주면 모두 망하고 말 테니까요."

그러나 교사는 고개를 저었다.

"그렇지만 부자는 돈이 있으니까 현금으로 물건값을 지불하고, 가난한 사람들은 돈이 없으니까 외상으로 물건을 사야 이치에 맞지 않을까요? 정작 외상이 필요한 사람은 부자가 아니라, 가난뱅이란 말입니다."

"당신은 왜 그렇게 내 말을 못 알아듣소? 만약 돈이 없는 사람들에게 외상으로 물건을 판다면 상점 주인들이 모두 파산하여 가난뱅이가 될 것 아니오?"

교사는 끝까지 우겼다.

"아니, 못 알아듣는 쪽은 랍비님이십니다. 상점 주인들이 가난해지면 또 외상으로 물건을 사들이면 되지 않느냐, 이 말이에요."

돈벌이

뉴욕에서 성공적인 비즈니스맨으로 발돋움한 슈발츠는 루주벨트 호텔에서 친구인 모세 프랑켈과 함께 점심 식사를 하고 있었다.

식사 도중에 그는 자기 주머니 속에서 커다란 에메랄드 반지를 꺼내 모세에게 보여 주었다.

"이 에메랄드 어떤가? 지난번 베네수엘라에 갔을 때 아내에게 선물하려고 산걸세. 모레가 내 아내 생일이거든."

모세는 그 에메랄드를 이리저리 살펴보며 연신 감탄했다.

"정말 멋있군! 도대체 자네, 이거 얼마 주고 샀나?"

"응, 1만 2천 달러 줬네."

모세는 깊이 생각에 잠긴 듯한 표정을 지으며 말했다.

"어때, 나한테 1만 4천 달러에 팔지 않겠나?"

슈발츠는 앉은 자리에서 2천 달러를 번다면 그것도 나쁘지 않다고 생각하여 모세에게 에메랄드를 팔아 버렸다.

모세는 신이 나서 그것을 가지고 갔다. 한편 사무실로 돌아온 슈발츠는 아무리 생각해도 아내의 생일 선물로는 에메랄드 반지 이상의 것이 없을 듯하자, 곧 친구에게 전화를 걸었다.

"아, 모세인가? 한참 생각해 봤는데 말이야, 아무래도 그 반지를 아내에게 선물하는 게 좋겠어. 1만 6천 달러 줄 테니 내게 도로 팔지 않겠나?"

수화기를 든 모세는 재빨리 머리를 굴려 보았다. 하지만 단 3시간 만에 2천 달러를 벌기란 그리 쉬운 일이 아니었으므로 결국 그는 승낙을 했다.

"그래, 좋아. 내 비서에게 갖다 주라고 하겠네."

이리하여 에메랄드 반지는 다시 슈발츠에게 돌아오게 되었다.

모세의 비서가 그 반지를 가져왔을 때, 마침 슈발츠의 사무실에 친구인 골드버그가 와 있다가 예의 반지를 보자 눈을 휘둥그렇게 뜨며 말했다.

"와! 이거 대단한 에메랄드로군! 나한테 안 팔 텐가?"

"팔라고? 얼마에 사겠나?"

"얼마 주면 팔겠나? 1만 9천?"

슈발츠는 1만 9천 달러를 주겠다는 말에 혹해서 골드버그

156

에게 그것을 팔아 버렸다.

잠시 후에 골드버그는 반지를 가지고 돌아갔다.

저녁 무렵, 모세가 슈발츠의 사무실로 전화를 걸어왔다.

"여보게, 아무리 생각해도 그 반지가 탐나는군. 자네한테 2천 달러 벌게 해 줄 테니 내게 되팔지 않겠나?"

"그럴 수가 없게 됐네. 아까 낮에 골드버그가 와서 그 반지를 꼭 사고 싶다기에 적당한 가격을 팔아 버렸거든."

그러자 모세는 혀를 차며 말했다.

"자넨 참 멍청이로군. 우리 둘이 오후 몇 시간 동안 서로 몇 천 달러씩 벌고 있었는데, 그걸 팔아 버리다니! 매일 이 짓을 하면 우린 금방 백만장자가 될 수 있었을 거란 말이야!"

상도덕

어느 마을의 랍비가 생활이 몹시 어려워지자, 시장에 나가 생선 장사를 하기로 했다.

새벽에 아내가 생선을 사다 손질하여 고추냉이를 흠뻑 발라놓으면, 랍비는 그것을 포장마차에 싣고 시장으로 나가 항상 은행 맞은편에 자리 잡고 서서 팔았다.

그가 장사를 시작한 지 며칠이 지났을 때, 이웃 마을의 랍비가 그를 찾아와서 말했다.

"여보게, 장사는 잘되나?"

"응, 그럭저럭 해 가고 있네."

이웃 마을의 랍비는 몹시 미안스런 얼굴로 그에게 부탁을 했다.

"저…… 실은 자네한테 부탁을 좀 하려고 왔는데……. 혹시 5달러 있으면 좀 빌려 주게나."

그와 이웃 마을의 랍비는 매우 친한 사이였으므로 5달러

정도는 빌려 주고 싶었지만, 워낙 생활이 어려워 생선을 팔아야 할 지경이었으므로 그는 거절하기로 마음먹었다.

"여보게, 저 길 건너 은행이 보이지? 여기서 장사를 시작한 후부터 난 은행과 계약을 했다네. 내가 사람들에게 돈을 빌려 주지 않는 한, 은행에서도 생선을 팔지 않기로 말이야. 서로의 장사를 방해하지 말자 이거지."

부자가 죽지 않는 곳

　로드차일드 남작이 앓아누웠으나 병이 몹시 위중하여 아무도 손을 쓰지 못했다. 영국 내의 모든 의사들이 포기했을 정도였으므로, 남작도 이제 자신에게 죽음이 다가온 것을 깨닫고 있었다.

　그때 어떤 사람이 유대인 거리에 — 그곳은 시내에서 제일가는 빈민가이다. — 사는 사람 하나가 남작의 병을 고칠 수 있다고 호언장담하더라는 얘기를 전해 주었다.

　그래서 남작은 집사를 강 건너 쓰레기하치장 옆의 빈민가에 보내, 그토록 장담한다는 그 사람을 정중히 모셔오도록 했다.

　푹신푹신한 롤스로이스에 몸을 싣고 집사에게 안내되어 로드차일드 남작 저택에 도착한 모세는 2천 장 정도의 조각 천을 이어서 꿰맨 셔츠와 양복을 입고 있었다. 그런데 보기에 따라서는 고급이라고 할 수도 있을 정도로 엄청나게 잔손질이 많이 간 그런 옷이었다.

이윽고 그는 발목까지 파묻힐 듯한 카펫을 밟으며 남작의 병실에 이르렀다.

남작이 그를 보고 물었다.

"내 병을 고칠 수 있다는 사람이 바로 당신이오?"

"네. 고칠 수 있다고 자신할 수 있을지는 잘 모르겠지만, 적어도 제 충고를 들으면 돌아가시진 않을 겁니다."

"하지만 영국 왕실 주치의인 리빙스턴 박사와 글래드스턴 수상의 주치의인 스탄레이 교수, 로열 아스코트 경마의 마주들만을 상대하는 리치 박사에 이르기까지…… 우리나라 최고의 의사들이 나를 진찰했지만 다들 가망이 없다고 했소. 그런데 당신은 의사요?"

"아닙니다, 저는 거지입니다."

그 말에 로드차일드 남작은 깜짝 놀라서 외쳤다.

"거지라고!"

"네, 거지입니다. 하지만 남작님께서 제가 살고 있는 곳으로 이사를 오시면 절대 목숨을 잃지 않으실 겁니다."

"음…… 당신이 사는 곳이 어디라고 했소?"

"저 강 건너 쓰레기하치장 옆에 있는 빈민가의 좁은 다락방

입니다. 그 근처 어디라도 좋으니까. 남작님께서 그리로 옮겨
와 사시면 문제가 깨끗이 해결될 겁니다."

"어째서?"

"왜냐면, 지금까지 몇 백 년 동안 그곳에서 큰 부자가 죽었
다는 말을 들어 본 적이 없으니까요."

감부 2대

유명한 대부호 로드차일드 남작은 자기 가문을 일으킨 장본인이다.

그는 많은 자식을 두었는데, 유럽 각국의 수도에 아들 한 명씩을 보내 살게 하여 로드차일드 가의 국제적인 네트워크를 형성해 놓았다.

어느 날 노령의 로드차일드 남작이 베를린의 한 거리를 걷고 있는데, 한 거지가 그를 알아보고 다가와 애원했다.

"로드차일드 남작님, 부디 한 푼만 적선해 주십시오."

그는 인정 많은 사람이었으므로 지갑에서 소액의 지폐 몇 장을 꺼내 거지에게 주었다.

그러자 거지가 아쉬운 표정을 지으며 말했다.

"남작님, 지난번 아드님께서는 이것의 몇 배나 더 주셨는데요."

그러자 로드차일드 남작은 상냥한 미소를 지으며 이렇게

답변했다.

"내 아들에겐 돈 많은 아버지가 있지만, 유감스럽게도 나에겐 그런 아버지가 없다네."

은행가

어느 동네에 거지가 들어와 은행가의 집으로 구걸을 하러 갔다.

은행가가 그 거지를 보고 말했다.

"이것 참, 우리 동네에 잘 오셨소!"

거지는 깜짝 놀라서 물었다.

"아니, 내가 이 동네에 처음 왔다는 걸 어떻게 아셨습니까?"

"이 동네에선 내게 구걸하러 오는 작자가 없으니 말이오."

거지의 사업장

한 거지가 지나가는 사람에게 적선을 부탁했다.

"선생님, 한 푼만 적선하십시오."

그러자 그 사람은 고개를 저으며 말했다.

"난 이처럼 길에서 남에게 돈을 주는 걸 싫어해서……."

그러자 거지가 반박했다.

"아니, 그럼 나더러 버젓한 사무실이라도 차리란 말씀입니까?"

지혜 대결

한 거지가 마을에서 인색하고 교활하기로 유명한 아브라함을 찾아가 공손히 말했다.

"실은 멀리 살고 있는 친척이 저희 집을 방문하여, 식사를 대접해야 한답니다. 그런데 그렇게 멀리서 찾아온 친척에게 제가 이 마을에서 얻어먹으며 살고 있다는 걸 보이는 것이 부끄럽습니다. 그래서 식사 때 은 접시를 내놓으며 자랑을 좀 하고 싶은데, 미안하지만 한 개만 빌려 주시겠습니까?"

이렇게 하여 거지는 아브라함에게서 은 접시 하나를 빌리는 데 성공했다.

다음 날 아침, 거지는 커다란 은 접시를 돌려주러 와서는 작은 은 접시 하나를 함께 내놓았다.

아브라함이 의아해하며 물었다.

"이 작은 접시는 뭔가?"

그러자 거지가 그에게 차근차근 설명했다.

"글쎄, 제 얘기 좀 들어 보십시오. 댁의 이 커다란 은 접시를 제가 간직하고 있는 동안, 밤중에 작은 접시를 낳았지 뭡니까. 그러므로 이 작은 접시는 당연히 댁의 은 접시 새끼이므로 같이 돌려드리는 게 옳은 일이지요."

아브라함은 몹시 기뻐했다. 마음속으로는 '세상에, 이런 얼간이가 있나?' 하고 생각했지만 입으로는 이렇게 말했다.

"뭐 또 필요한 것이 있으면 말하게. 빌려 줄 테니까."

그러자 거지가 기다렸다는 듯 말했다.

"네. 어제는 친척을 대접한 다음 이제 겨우 돌아갔나 했더니, 이번엔 또 친구가 멀리서 찾아왔지 뭡니까. 이 친구한테도 제가 웬만큼 사는 것처럼 보이기 위해 댁의 은촛대를 빌려다 놨으면 하는데, 어떻습니까?"

아브라함은 기꺼이 은촛대를 빌려 주었다.

다음 날 아침이 되자, 거지는 아브라함에게서 빌린 커다란 은촛대와 함께 역시 작은 은촛대를 하나 더 가져왔다.

"아브라함 씨! 어젯밤에 댁의 은촛대가 산기를 보이더니, 글쎄 이 새끼 은촛대를 낳았지 뭡니까? 이것도 댁의 것이니 돌려드려야죠."

아브라함은 너무도 좋아서 어제 한 것과 똑같은 말을 했다.

"앞으로도 필요한 것이 있으면 주저하지 말고 얘기하게. 얼마든지 빌려 줄 테니."

거지는 내심 쾌재를 불렀으나, 물론 겉으로는 드러내지 않았다.

"네. 실은 이웃 마을에 사는 친구를 찾아가야 된답니다. 그 친구에게 내가 목에 힘을 주고 산다는 걸 좀 보여 주기 위해 그러는데, 지금 차고 계신 금시계를 잠깐 빌려 주실 수 있겠는지요?"

아브라함은 선뜻 금시계를 풀어 거지에게 주었다.

다음 날 아침이 되었다. 거지가 찾아오자, 아브라함은 새끼 금시계 생각을 하면서 상냥한 얼굴로 문을 열었다. 그러나 거지는 수심에 싸인 표정을 짓고 있었다.

"아브라함 씨…… 아주 나쁜 소식입니다. 제가 어제 빌려 간 시계가 간밤에 고통스럽게 앓더니 글쎄 죽어 버렸지 뭡니까."

"뭐? 시계가 죽어 버렸다고? 아니, 그 따위 엉터리 얘기가 어디 있나?"

거지는 의기양양하게 대꾸했다.

"하지만 아브라함 씨, 은 접시와 은촛대가 새끼를 낳을 수 있다면 시계가 죽지 말란 법이 있겠습니까?"

그러나 아브라함은 당황하지 않고 말했다.

"알겠네, 알겠어. 시계가 죽었다니, 참!"

이번에는 거지도 웃음을 참을 수 없었는지, 배꼽을 잡고 낄낄거리며 아브라함을 놀려 댔다.

"이거, 정말 안됐습니다. 얼마나 상심되세요?"

그러자 아브라함이 거지를 바라보며 점잖게 대꾸했다.

"그렇더라도 장례 치를 시체는 돌려줘야 될 것 아닌가?"

여유

거리에 사람들이 몰려 웅성거리고 있기에 보니, 한 거지가 모자와 신발 속을 뒤적이며 뭔가를 열심히 찾고 있는 중이었다.

구경꾼 한 사람이 물었다.

"도대체 지금 뭘 하는 거요?"

거지가 대답했다.

"1센트짜리 동전을 하나 갖고 있었는데, 그게 없어졌지 뭡니까?"

구경꾼 중의 또 다른 사람이 말했다.

"아까부터 자네 행동을 보고 있었는데, 그 바지 주머니는 살펴보지 않았잖아."

"하지만 만약 여길 뒤져도 없으면 그땐 정말 어떻게 해야 될지 모르지 않겠어요?"

터무니없는 일

한 거지가 길거리에서 애처롭게 적선을 구하고 있는 걸 보고 지나가던 한 사람이 말했다.

"자넨 멀쩡한 두 팔을 가지고 있으면서 왜 일을 하지 않나?"

그러자 거지가 정색을 하며 대꾸했다.

"그럼 당신이 주는 동전 몇 푼 때문에 두 팔을 끊어 버리란 말이오?"

개의 속삭임

은행가이며 대부호인 데이비드의 집에 어느 날 거지가 찾아왔다.

이 거지는 전에도 몇 번 이 집에 왔었지만, 단 한 푼도 못 받고 쫓겨났었다.

그는 데이비드에게 머리를 숙이며 애원했다.

"제발 부탁입니다, 나리. 이제 곧 과월절이 다가오는데 애들에게 먹일 것이라곤 쌀 한 톨도 없답니다. 게다가⋯⋯."

거지가 자신의 궁색한 살림 얘기를 계속 늘어놓자, 데이비드는 냉정하게 그의 말을 잘랐다.

"자네는 전에도 우리 집에 여러 번 왔었지? 그런데 내가 동전 한 닢이라도 줘 본 적 있나?"

"없었습죠. 단 한 푼도 주신 적이 없었습니다. 하지만 오죽하면 제가 또 찾아왔겠습니까? 그만큼 사정이 절박해서 그런 것 아니겠습니까? 제발 이번엔 좀⋯⋯."

거지는 정말이지 최선을 다해 사정했으나, 데이비드는 인정머리 없이 문을 닫아 버리려 했다.

그 순간 거지가 소리쳤다.

"잠깐만, 잠깐만 기다려 주십시오! 나리께 ≪탈무드≫에 나오는 얘기 한 가지를 들려 드리겠습니다. 허락해 주십시오."

데이비드는 문을 닫으려던 손길을 멈추고 말했다.

"흥! 얘기 한 가지를 해 줬다고 해서 내가 단돈 1센트라도 줄 것 같은가? 그래, 정 하고 싶다면 해 보게. 되도록 빨리!"

거지는 얘기를 하기 시작했다.

"≪탈무드≫에는 개가 돼지를 잡을 때 반드시 귀를 물어서 잡는다고 씌어 있습니다. 물론 개는 가난한 사람을 이르고, 돼지는 부자를 말하지요. 그리하여 어째서 개가 돼지를 잡을 때 귀를 무는가에 대해서는 이렇게 설명되어 있습니다. '개는 돼지의 귀에 대고 속삭이는 것이다. 어째서 돈이 있으면 돼지가 되느냐?'고 말입니다."

이래 보여도

어느 날, 부자인 모세에게 거지 모제스가 찾아와서 죽어가는 목소리로 구걸을 했다.

"부디 보태 주십시오, 나리. 먹고 살자니 아무래도 나리 같은 분께 신세를 지지 않으면 안 될 처지입니다. 제발 한 푼만 적선하십시오!"

그러나 모세는 고개를 갸웃거렸다.

모제스에게는 아들이 여섯이나 있는데, 그들 모두가 양복점이나 양화점, 문방구, 꽃가게 등을 경영하여 나름대로 성공하고 있었던 것이다.

그래서 모세가 물었다.

"당신에게는 훌륭한 아들이 여섯이나 있는 걸로 아는데, 어째서 그들에게 도와 달라고 않고……."

모제스는 그의 말이 채 끝나기도 전에 단호하게 대답했다.

"이래 보여도 내게는 아직 독립심이 남아 있답니다!"

사업상의 자유

유대어로 거지를 '슈노라'라 한다.

어느 날 새벽 5시에 시몬의 집 문을 요란하게 두드리는 사람이 있었다.

단잠을 깨게 된 시몬이 몹시 불쾌한 표정으로 문을 여니, 밖에 슈노라가 서 있었다.

"한 푼 보태 주십시오, 나리. 적선하십시오."

시몬은 잔뜩 화가 나서 소리쳤다.

"내 돈을 온 세계에 뿌려 버린다 해도 너 따위에겐 동전 한 닢 주지 않겠다! 세상에, 이런 새벽부터 남의 집 문을 두드려 구걸을 하다니! 뻔뻔하기 이를 데 없는 작자로군. 에잇, 재수 없어!"

그러나 슈노라는 가슴을 편 채 말했다.

"여보시오! 난 당신의 일이나, 당신이 일하는 방식에 대해선 아무 말도 하지 않았소 그러니 당신도 내가 일하는 시간이

나 방법에 대해 이러쿵저러쿵 하지 마시오. 이건 어디까지나
사업상의 자유란 말이오."

1961년, 케네디와 흐루시초프가 빈에서 정상 회담을 가졌다. 그때 흐루시초프는 케네디를 마치 풋내기 다루듯 했다.

첫날 회담에서 흐루시초프가 처음 한 말은 이랬다.

"젊은이, 성경을 읽어 본 적 있소?"

케네디는 가톨릭 신자였으므로 물론 성경을 읽었을 것이다. 흐루시초프는 혼자 계속 말을 이었다.

"그 가운데서도 구약성경의 창세기 말이오. 거기에 인류 최초의 남녀인 아담과 이브가 나오지. 그 아담과 이브가 사실은 공산주의자였다는 걸 알고 있소? 물론 그들이 살고 있던 곳은 낙원이었고."

케네디는 이에 대해 어떻게 대답해야 좋을지 알 수가 없었다. 그래서 숙소인 미국 대사관으로 돌아가자, 본국에 있는 가톨릭의 추기경 몇 사람에게 전화를 걸려다가 생각 끝에 이스라엘의 벵그리온 수상에게 전화를 했다.

"오늘 제가 흐루시초프를 만났는데, 그의 말이 인류 최초의 남녀인 아담과 이브가 공산주의자라는 겁니다. 도대체 어떻게 대답하면 좋을까요?"

벵그리온 수상은 전화 저편에서 잠시 생각하다가 쉰 목소리로 이렇게 말했다.

"대통령 각하, 그렇다면 아담과 이브가 공산주의자였다는 것을 인정하면 되겠습니다. 우선 아담과 이브에겐 입을 옷이 거의 없었습니다. 그래서 벌거벗고 있었죠. 또 두 사람이 들어가 살 집도 없었습니다. 어디를 가고 싶어도 갈 곳이 없었으며, 먹을 것이라곤 사과뿐이었습니다. 그런 주제에 자기들이 낙원에 살고 있다고 확신했던 겁니다. 그러니까 공산주의 사회에 살고 있었다는 주장에도 일리가 있습니다."

제발 그것만은……

히틀러는 바바리아 알프스를 즐겨 산책했다. 오바잘츠부르크라는 곳에 산장을 가지고 있었던 것이다.

어느 날, 여느 때처럼 산장을 나서서 숲길을 산책하던 그는 발을 잘못 디뎌 그만 냇물에 빠지고 말았다. 수영을 할 줄 몰랐던 그는 오른손을 앞으로 곧바로 치켜 올린 채 소리쳤다.

"사람 살려! 사람 살려!"

때마침 숲 속에 있던 한 사나이가 그 소리를 듣고 달려와 구해 주자, 히틀러는 물에 빠진 생쥐 꼴로 흠뻑 젖어 있으면서도 짐짓 위엄을 갖추며 말했다.

"나는 독일의 총통이다. 구해 주어서 고맙다. 그래, 자네 이름은 뭔가?"

꾀죄죄한 몰골의 그 남자가 대답했다.

"이스라엘에서 온 코엔입니다."

"뭐? 그럼 유대인이란 말인가? 음, 유대인이라도 용기 있는 자로군. 소원이 있으면 한 가지만 말하라. 무엇이든 들어 주겠다."

히틀러는 손수건으로 젖은 콧수염을 닦으며 대답을 기다렸다.

유대인 남자는 잠시 망설이더니 이렇게 말했다.

"저…… 그러시다면…… 좀 어려운 건데, 정말 말씀드려도 될까요?"

히틀러는 흔쾌히 고개를 끄덕였다.

"좋다. 말하라!"

"제발 제가 총통 각하를 구해 드렸다는 얘기를 딴 사람들에게 하지 말아 주십시오."

인명 존중

러시아의 유대인 가에 있는 신학교에서 랍비와 학생들이 징병으로 끌려 나가게 되었다. 전쟁이 일어난 것이다.

랍비와 학생들이 사격 훈련에서 대단히 좋은 성적을 내자, 러시아 장교가 몹시 기뻐했다.

훈련이 끝난 후, 학생들과 랍비는 러시아 장교에게 인솔되어 전선으로 나갔다.

이윽고 전선에 도착했다.

러시아 장교가 명령을 내렸다.

"사격 개시!"

그러나 총소리가 들리지 않았다.

러시아 장교가 다시 한 번 소리쳤다.

"사격 개시!"

그래도 총소리는커녕 숨소리 하나 들리지 않았다.

화가 머리끝까지 솟구친 러시아 장교가 유대인 병사들을

다그쳤다.

"너희들은 사격 훈련에서 그렇게 우수한 성적을 올렸는데, 어째서 총을 쏘지 않는 거냐?"

그러자 이등병인 랍비가 대답했다.

"어째서냐고요? 당신은 저 앞에 사람이 있는 게 보이지 않습니까?"

독 해력

1967년 6일 전쟁에서 이스라엘은 세계 전쟁 사상 유례가 없는 대승리를 거두었다.

인구 300만이 채 못 되는 이스라엘이, 전부 합치면 인구 1억이 넘는 아랍제국군을 엿새 동안 도처에서 격파한 이 기록은 정말 놀랄 만한 것이었다.

이스라엘군은 모든 전장에서 적을 대파하여 광대한 시나이 반도를 비롯한 아랍 국토의 대부분을 점령했다.

가장 영토를 많이 잃은 나라는 시나이 반도의 소유주인 이집트였다. 그런데 이집트군은 소련의 지원을 받아 최신식 전투기에서 미사일 전차에 이르기까지, 이스라엘군에 비해 몇 배나 우수한 전력을 보유하고 있었다.

그런데 그처럼 강대한 이집트군이 어째서 싸울 때마다 번번이 이스라엘군에 패해 연일 후퇴만 하고 있는지 이상하게 생각되었다.

그러나 결국은 그 이유가 판명되었고, 모든 사람이 알게 되었다.

6일 전쟁의 마지막 날, 이스라엘군 이등병인 모제스가 사막의 사령부에서 러시아어로 씌어진 극비 명령서를 발견한 것이다.

이 명령서는 즉시 텔아비브에 있는 국방성으로 보내졌다.

명령서는 소련의 군사 고문단이 이집트의 군사령관 앞으로 발송한 것이었는데, 번역해 놓고 보니 이집트군이 치명적인 과오를 범하고 있다는 사실을 알게 되었다.

그 내용은 아래와 같았다.

『가장 유효한 전술은 후퇴에 후퇴를 거듭해서 적군을 아군의 영토 깊숙이 유인하는 것이다.

나폴레옹이 침략해 왔을 때, 우리나라에선 모스크바까지 점령하도록 프랑스군의 공세를 거의 묵인하고 있었다. 그리고는 적당한 시기에 프랑스군의 퇴로를 차단하여 적을 궤멸시켰다.

1941년에 독일군이 침공해 왔을 때도 우리는 똑같은 작전을 취했다. 그리하여 독일군도 우리의 영토 깊숙이 들어와 거의 전멸하다시피 되고 말았다.

　적군이 제아무리 강하다 해도 우리나라의 그 무서운 동장
군과는 결코 대적할 수 없는 것이다.』

어느 날 밤, 미국에서 징병된 코엔 이등병이 PX로 달려가고 있었다.

칠흑같이 어두운 길에서 그는 누군가와 부딪쳐 상대를 넘어뜨리고 말았다.

넘어졌던 사나이가 일어나서 바지를 툭툭 털며 코엔 쪽을 바라보았다.

군복에 별을 다섯 개나 붙인 장성이었다.

"내가 누군지 아나?"

5성 장군이 화가 나서 소리치자, 새파랗게 질린 코엔이 큰 소리로 대답했다.

"넷! 아이젠하워 원수 각하이십니다!"

"이건 군법회의감이다!"

그러자 몹시 당황한 코엔이 재빨리 물었다.

"각하, 제가 누군지 아십니까?"

5성 장군은 더욱 화가 나서 소리쳤다.

"네놈이 누군지 내가 어떻게 알겠나?"

그러자 코엔은 죽을힘을 다해 어둠 속으로 도망쳐 버렸다.

비상한 대책

전 세계 오일 매장량 중 4분의 3이 중동 지방에 몰려 있다고 한다.

그처럼 오일이 풍부하므로, 아랍권 국가들은 별다른 노력을 기울이지 않고도 마치 화수분을 가지고 있는 것처럼 끝도 없는 돈을 벌어들였다.

이렇게 많은 달러가 중동으로 몰리자, 카이로에서 열린 아랍연맹의 비밀회의에서 주요 산유국 거두들은 미국이나 일본, 서유럽의 주요 기업을 모조리 사들이기로 결정했다.

US 스틸, 제너럴 모터스, 제너럴 일렉트릭, 도요다, 올리베티, 크루프, 롤스로이스와 같은 기업들이 그 대상으로 선정되었다.

그러나 이 비밀회의의 결정 사항은 즉시 이스라엘의 첩보 기관에 의해 탐지되었다.

이스라엘 정부는 언제나 그랬던 것처럼, 이 정보를 미국

정부에 흘렀다.

그 소식을 듣고 깜짝 놀란 닉슨 대통령은 골다 메이어 이스라엘 수상에게 급히 전화를 걸었다.

당시에 닉슨은 워터게이트 사건보다 더 심각한 위기를 맞아 몹시 곤혹스러워하고 있었다.

"그들이 1천 수백억 달러나 가지고 일을 벌이면, 세계의 주요 기업이 모두 아랍에 팔려 버리고 말 것입니다. 도대체 이 일을 어떻게 하면 좋겠습니까?"

그러자 골다 메이어 수상이 침착하게 대답했다.

"그렇게 당황하실 필요 없습니다. 아랍이 세계의 기업을 부지런히 매입하도록 놔두십시오. 그러다가 주요 기업들이 전부 아랍 소유가 되었을 때, 미국이나 일본, 서유럽 국가들이 그들 기업을 국유화해 버리면 되니까요."

나폴레옹의 대답

몹시도 추운 한겨울 날, 러시아에서 일어났던 일이다.

19세기, 러시아 대원정 길에 올랐다가 모스크바에서 패배한 나폴레옹은 코자크 기병들에게 쫓겨서 남으로 남으로 도망치고 있었다.

프랑스의 황제인 나폴레옹은 마침내 코자크 기병에게 사로잡힐 지경이 되자, 말을 버리고 어느 마을의 허름한 집을 찾아 노크를 했다. 양복점을 운영하고 있는 시몬의 집이었다.

나폴레옹이 다급하게 사정을 했다.

"난 지금 러시아군에게 쫓기고 있소. 날 좀 숨겨 주시오. 부탁이오!"

시몬은 신앙심이 돈독한 유대인이었으므로, 이 회색 망토를 입은 작달막한 사나이가 누구인지 전혀 알지 못했으나 창백한 얼굴의 그 사나이를 불쌍히 여겨 기꺼이 안으로 맞아들였다.

시몬은 나폴레옹을 침실로 데리고 가서 벽장 안에 들어가게 한 후, 그 위에 이불을 몇 채 뒤집어씌웠다. 이불을 다 씌우고 나서 한숨 돌리려는데, 현관문을 난폭하게 두드리는 소리가 들려왔다.

그는 자빠질 듯이 허겁지겁 달려가서 문을 열었다.

밖에는 구름이라도 꿰뚫을 듯이 키가 큰 코자크 기병 대여섯 명이 창을 들고 서 있었다.

시몬이 나가자, 그중 대장으로 보이는 사내가 허리에 찬 사벨을 철커덕거리며 큰 소리로 물었다.

"이봐, 이쪽으로 도망 온 놈 못 봤나? 혹시 자네가 숨겨 준 것 아니야?"

시몬이 눈을 휘둥그렇게 뜨고 말했다.

"천만에요. 저는 우리 러시아 황제 폐하의 적이 될 만한 사람은 절대로 숨겨 주지 않습니다. 그럴 만한 용기도 없고요, 우리 집은 그리 넓지 않으니 한 번 찾아보도록 하십시오."

그러자 코자크 기병들은 러시아 말로 곰처럼 중얼거리며 집 안을 뒤졌다.

그들은 침실로 가서 벽장의 이불더미를 창으로 쑤셔 보았으나, 창날에 아무것도 묻어나오지 않자 그냥 나가 버렸다.

기병들의 말발굽 소리가 멀리 사라져 들리지 않게 되자, 나폴레옹은 새하얗게 질린 얼굴로 비틀비틀 걸어 나와 시몬이 건네주는 포도주 한 잔을 간신히 마셨다.

이윽고 가까스로 황제의 위엄을 되찾은 나폴레옹이 시몬에게 말했다.

"당신은 나를 구해 줬소. 내 생명의 은인이오. 소원이 있으면 말하시오. 무엇이든 들어 줄 테니."

시몬은 한참을 곰곰 생각하더니 이렇게 대답했다.

"아, 그러시다면 이 지붕 구석에 구멍이 난 걸 좀 고쳐 주시겠소? 얼마 전부터 비가 새거든요."

나폴레옹은 기가 막힌다는 듯이 말했다.

"허어, 당신은 참으로 바보로군! 지붕에 난 구멍을 고쳐 달라니, 그렇게도 소원이 없소? 하여튼 그럼 또 한 가지 소원을 들어 주겠소. 나는 뭐든지 할 수 있으니 말해 보시오."

시몬은 또다시 이것저것 열심히 궁리를 하고 나더니 대답했다.

"참! 우리 집 바로 건너편에다 모제스가 양복점을 차려서, 우리 손님을 많이 빼앗겼지 뭡니까? 그러니 모제스에게 다른 마을로 가서 양복점을 하라고 말씀 좀 해 주시겠습니까?"

나폴레옹은 점점 기분이 상했다.

"도대체 당신은 아직도 내가 누군지 모르겠소? 나는 프랑스의 황제 보나파르트 나폴레옹이오."

시몬은 깜짝 놀랐다.

"넷? 프랑스의 황제시라고요?"

"그렇소. 그러니 다시 한 번 소원을 말해 보시오. 이 황제에게 어울린 만한 것을 요구하라는 거요."

그가 나폴레옹이라는 말을 듣고 기절할 듯 놀란 시몬은 간신히 용기를 내어 이렇게 말했다.

"폐하께서 그 이불 밑에 숨어 계시는 동안 코자크 기병들이 들어왔었습니다. 그러고는 창으로 이불을 푹 찔렀었죠. 하지만 신의 은총으로 폐하께선 위기를 모면하셨습니다. 기병들이 가고 나서 이불더미를 헤치고 나오신 폐하께선 몹시 겁을 먹고 계신 것 같았는데…… 외람된 부탁입니다만, 그때 어떤 기분이었는지 말씀해 주시겠습니까?"

그 말을 듣고 몹시 화가 난 나폴레옹의 얼굴이 붉어졌다.

"나는 겁에 질린 적이 없어! 한 번도! 내게 그런 무례한 질문을 하다니, 내일 아침에 총살해 버리겠다!"

이윽고 프랑스군이 마을에 닿았다. 그들은 그곳에서 황제의 말을 발견했기에 한 집 한 집 찾아다녔다. 그러다가 시몬의 집에서 나폴레옹을 찾아냈다.

나폴레옹은 부하들을 보자마자 명령을 내렸다.

"이놈을 즉시 체포하고 날이 새면 총살하라!"

시몬은 손목에 수갑을 찬 채 프랑스군 진영으로 끌려갔다.

다음 날 아침 닭이 울자, 시몬은 춥고 황량한 러시아의 들판으로 끌려 나가 나무 기둥에 묶였다.

그는 어젯밤부터 한숨도 자지 않고 눈물을 흘리면서 하느님께 기도를 올리고 있었다.

또다시 닭이 소리를 높여 울어 댔다.

이윽고 동쪽 하늘이 훤하게 밝아오자, 프랑스군 장교가 총살대를 향해 소리쳤다.

"하나, 둘, 셋……."

장교의 지휘봉이 높이 올려졌다.

바로 그때, 전령이 말을 타고 달려오며 외쳤다.

"잠깐! 잠깐 기다리시오!"

장교 곁으로 달려간 전령이 말에서 내렸다.

"폐하의 명령으로 이 총살은 취소되었습니다."

그는 기둥에 묶인 시몬을 풀어 주고는, 한 장의 메모를 내밀었다.

"황제 폐하의 전언이시오."

거기엔 이렇게 씌어 있었다.

'내가 그때 어떤 기분이었는지, 이제 알겠지?'

두뇌 회전도

제정 러시아 때였다. 한 장군이 먼 국경의 수비대를 시찰하기 위해 찾아왔다.

그는 장병들을 열병하고 난 뒤, 얼굴을 잔뜩 찌푸리며 수비대장에게 물었다.

"이거 웬 냄새가 이리 지독한가? 여기에선 속옷이나 제복을 갈아입지 않나?"

장군의 나무람에 수비대장은 떨떠름한 표정으로 대답했다.

"물론 갈아입을 수 있다면 정말 그렇게 하고 싶습니다만, 중앙에서 새 속옷이나 제복이 전혀 보급되지 않고 있는 실정입니다."

수비대장은 바로 이때다 싶어 불만을 얘기했던 것이다.

그러나 장군은 턱수염을 매만지며 위엄을 갖추더니 호통을 쳤다.

"자네는 어째 그렇게 머리가 돌아가지 않나? 병사들을 두

줄로 마주 보게 세워 놓고, 속옷과 제복을 서로 바꿔 입도록
하면 되잖겠나!"

경사

이집트의 사다트 대통령이 소련의 브레즈네프 서기장에게 긴급 전화를 걸었다.

"큰일 났습니다. 지금 이스라엘 전투기가 국경을 넘어 이쪽으로 향하고 있다는 보고가 들어왔습니다!"

그러자 브레즈네프가 몹시 언짢은 목소리로 대꾸했다.

"도대체 몇 시인데, 전화질이오? 모스크바는 지금 새벽 4시 반이오!"

모스크바와 카이로 간의 전화는 끊어졌다.

그로부터 15분 후, 또다시 브레즈네프의 머리맡에 있는 전화벨이 울렸다.

브레즈네프는 졸린 목소리로 전화를 받았다. 역시 사다트였다.

"브레즈네프 서기장, 이스라엘군의 전차가 수에즈 운하를 넘어 이쪽으로 진격해 오고 있습니다."

그러자 브레즈네프가 귀찮다는 듯이 대답했다.

"그 따위 시시한 일로 날 깨우지 마시오!"

하지만 15분쯤 후에 다시금 전화벨이 울렸다. 이번에는 잠이 깨어 있었지만, 브레즈네프의 음성엔 노기가 잔뜩 서려 있었다. 물론 이번에도 사다트였다.

"큰일입니다! 이번에는 이스라엘의 낙하산 부대가 내가 있는 대통령 관저를 포위하였습니다. 그리고 시내에선 이집트의 처녀들이 무차별로 강간당하고 있습니다."

브레즈네프는 수화기에 대고 악을 썼다.

"진심으로 축하하오! 그건 경사로군. 앞으로 20년 후엔 분명히 좀 더 훌륭한 병사들이 태어날 것이오!"

함께 뛰어서

나치 독일하의 유대인은 언제 어디서든 신분증명서를 휴대하고 다니지 않으면 안 되었다.

유대인 두 사람이 베를린 시내를 걷고 있는데, 저만치 앞에서 다가오는 경찰이 보였다. 한 사람은 신분증명서를 지니고 있었고, 또 한 사람은 가지고 있지 않았다.

증명서를 가지고 있는 사람이 말했다.

"내가 갑자기 도망치면 분명히 경찰이 쫓아올 걸세. 그동안 자네는 재빨리 숨게."

이윽고 경찰이 가까이 다가왔을 때 신분증명서를 가진 남자가 있는 힘을 다해 달아나기 시작했다. 예상대로 경찰이 그를 추격했다.

2km쯤 달렸을 때, 사나이는 결국 붙잡히고 말았다.

경찰이 권총을 뽑아들고 소리쳤다.

"손들어라!"

경찰이 신분증을 요구하자, 사나이는 순순히 그것을 내보였다.

그러자 경찰이 물었다.

"정지하라고 그렇게 소리쳤는데, 왜 계속 뛴 거요?"

"아뇨, 난 못 들었는데요. 그냥 정신없이 뛰고 있었으니까요."

"어째서 그렇게 정신없이 뛰었소?"

"아, 갑자기 의사와 약속한 시간이 생각나서요."

"하지만 내가 당신을 뒤쫓고 있다는 걸 알았을 텐데?"

"물론 알고 있었습니다. 하지만 같은 의사한테 가시는 모양이라고 생각했지요."

해군에 입대한 모제스는 난생 처음 항해에 나서게 되었다.

그런데 바다에 나간 지 얼마 되지 않아 풍랑이 일어서 배가 나뭇잎처럼 흔들렸다.

그런 상태가 며칠 동안이나 계속되었다.

모제스는 뱃멀미를 심하게 해서 이제 더 이상 토할 것이 없는데도 계속 구역질을 하고 있었다. 그렇지만 배가 가라앉는 것이 아닌가 하는 공포 때문에 고통을 느끼지도 못했다.

견디다 못한 그가 고참에게 물었다.

"지금 우리는 육지에서 얼마나 떨어져 있는 겁니까?"

"글쎄…… 약 4천 내지 5천 미터 정도일 거야."

"아니, 그렇게 가깝습니까? 여기서 어느 쪽인가요?"

고참이 손가락으로 아래쪽을 가리켰다.

"똑바로 말이지."

황제보다 바보

　제정 러시아 시대, 붉은 바지 차림의 병사들을 태운 열차가 폴란드의 바르샤바로부터 오늘날 레닌그라드로 불리는 페테르부르크를 향해 달리고 있었다.

　같은 무렵, 회색 바지 차림의 병사들을 태운 열차도 페테르부르크에서 바르샤바를 향해 달렸다.

　그리하여 폴란드와 러시아 사이에 있는 어느 간이역에 그 두 열차가 함께 정차하게 되었다.

　이 마을 사람들에게, 붉은 바지 차림의 병사들은 자기들 부대가 바르샤바에서 페테르부르크로 이동하는 중이라고 했고, 회색 바지 차림의 병사들은 페테르부르크에 있던 자기 부대가 바르샤바로 옮겨가는 참이라고 말했다.

　그 말을 들은 모제스가 야곱을 역 뒤로 데리고 가서 말했다.

　"황제는 정말 바보야. 저렇게 골치 아프게 부대를 이동시키지 않아도 되는데 말이야. 붉은 바지 차림의 병사는 페테르부르크로 보내고, 회색 바지 차림의 병사는 바르샤바로 보내서 그것을 양쪽 병사가 바꿔 입게 하면 되잖아. 그러면 바르샤바 엔 회색 바지 부대가 생기고, 페테르부르크엔 붉은 바지부대 가 생길 텐데⋯⋯."

그러자 야곱이 말했다.

"모제스, 바보는 황제가 아니라 바로 너야. 그러면 병사들 은 그동안 무엇을 입고 있니?"

소련 관리가 미국의 한 공장으로 기계를 사러 왔다.

공장에서 매매 교섭이 이루어지고 있는 동안 정오가 되자, 휴식 시간임을 알리는 사이렌이 울렸다.

공원들이 점심을 먹기 위해 떼 지어 공장 밖으로 나가는 모습을 본 소련 관리가 새파랗게 질린 얼굴로 다급하게 말했다.

"큰일 났소이다! 공원들이 전부 도망치고 있습니다!"

미국의 공장 주인은 여유만만하게 웃으며 대답했다.

"염려 마십시오. 다시 돌아옵니다."

한 시간 후에 또 사이렌이 울리자, 소련 관리는 밖을 내다보았다. 정말 공원들이 다시 꾸역꾸역 공장 안으로 들어오는 것이 보였다.

미국의 공장 주인은 설명을 계속하려 했다.

"이 기계로 말씀드릴 것 같으면……."

소련 관리가 재빨리 그의 말을 막으며 말했다.

"아니, 그 기계보다는…… 저 사이렌을 좀 샀으면 하는
데요."

피에로의 명답

옛날 아라비아에 칼리프(회교국의 지배자)를 오랫동안 모시던 유대인 피에로가 있었다.

어느 날 궁전에 들어간 이 피에로가 본의 아니게 칼리프의 노여움을 사게 되었다.

그리하여 칼리프는 피에로에게 사형을 언도했으나, 이 피에로는 자기가 어렸을 때부터 궁전에서 일해 온 사람이었으므로 마지막 자비를 베풀기로 하였다.

"나에게도 자비심이 있느니라. 내가 어렸을 때부터 너는 나를 웃기기 위해 열심히 노력해 왔으므로 마지막으로 한 가지 소원을 들어 주도록 하겠다. 너는 어떻게 죽었으면 좋겠느냐? 죽는 방법을 네 마음대로 택하라."

칼리프는 왕좌 옆에 있는 자그마한 모래시계를 거꾸로 놓으며 덧붙여 말했다.

"이 모래가 다 흘러내릴 때까지 생각했다가 대답하도록

하라."

유대인 피에로는 모래시계의 마지막 알갱이까지 다 흘러내리릴 동안 아무 말도 하지 않았다.

최후의 모래알이 유리관 안으로 떨어지자, 칼리프가 물었다.

"그래, 이제 마음을 결정했느냐?"

그러자 유대인 피에로는 명랑한 표정으로 대답했다.

"네, 결정했습니다. 저는 노망이 들어 죽기를 바랍니다."

애국심의 발로

전쟁이 일어나자, 러시아군에 유대인이 무시로 징병되곤 했다.

야곱은 그 바람에 전선으로 보내졌는데, 그는 적과 마주치자 가장 먼저 도망치고 말았다.

결국 야곱은 헌병에게 체포되어 사령관 앞으로 끌려갔다.

야곱을 본 사령관이 얼굴을 찌푸리며 말했다.

"너는 애국심이라곤 눈곱만치도 없는 놈이다. 가장 먼저 도망치다니……! 당연히 총살감이야!"

그러자 야곱이 말했다.

"아닙니다, 사령관님. 저는 조국을 진심으로 사랑하고, 적을 미워합니다. 너무나 애국심이 강하고 그 누구보다도 적을 미워하기 때문에 적 가까이만 가도 더러운 생각이 들어서 견딜 수가 없습니다. 그래서 되도록 멀리 떨어져 있으려고 했던 것입니다."

양심상

6일 전쟁 당시, 이집트의 카이로 방송은 아군이 이스라엘의 많은 도시들을 점령했다고 발표했다.

그러나 실제로 이들 도시에선 이집트 군인들의 그림자조차 볼 수 없었다.

그런 중에 사령부 전방에 있는 이스라엘의 작은 도시를 점령하라는 추상같은 독촉이 어느 이집트군 부대에 떨어졌다.

독촉 명령을 다섯 번이나 똑같이 받은 그 부대의 부대장이 무전으로 물어왔다.

"이미 점령됐다고 발표된 도시를 어떻게 두 번씩이나 점령하겠습니까?"

같은 이유

1968년, 체코슬로바키아에 눈이 녹아내리기 시작할 무렵이었다. 두브체크가 자유화 정책을 내세우자, 소련은 바르샤바 조약군을 체코슬로바키아로 몰아 보내서 두브체크 정권을 타도해 버렸다.

그러나 소련을 분노케 한 진짜 핵심은, 두브체크와 브레즈네프가 마지막 회담을 가졌을 때였다.

먼저, 두브체크가 입을 열었다.

"해군성을 새로 설립했으면 하는데, 허가해 주시기 바랍니다."

브레즈네프가 놀란 표정을 지으며 물었다.

"해군성이라고? 체코슬로바키아엔 바다가 없잖소? 그런데 어째서 해군성이 필요하단 말이오?"

두브체크가 재빨리 반문했다.

"그러면 어째서 소련엔 문화성이 있습니까?"

모독죄

모든 게 얼어붙을 듯이 추운 어느 겨울날, 러시아에서 한 유대인 젊은이가 길을 가다 미끄러져 모스크바 강에 빠지고 말았다.

불행히도 얼어붙어 있는 것은 도로뿐이고, 강물은 이제 막 얼기 직전이었다.

여름날 칵테일 해 먹기에는 알맞을지 모르나, 겨울에 빠져 있기엔 너무 차갑고 고통스러웠다.

유대인 청년은 미친 듯 소리쳤다.

"사람 살려요! 사람 살려!"

강가엔 주재 경찰이 대여섯 명이나 있었지만, 모두들 냉랭한 눈초리로 물에 빠진 유대인을 바라보고만 있을 따름이었다.

청년은 계속 외쳤다.

"사람 살려! 사람 좀 살려요!"

강가에 있던 경찰들은 여전히 바라보고만 있었다. 다만 러시아 경찰들의 표정에 변화가 일어난 게 있다면 그들이 웃었다는 것뿐이었다.

안 되겠다고 생각한 유대인 청년은 지혜를 짜내어 더욱 큰 소리로 외쳤다.

"러시아 황제는 당나귀보다 더 멍청하다!"

그러자 당황한 경찰들이 날렵하게 강물로 뛰어들어, 예의 유대인 청년을 물 밖으로 끌어낸 다음 말했다.

"황제를 모독한 죄로 즉시 감옥행이다."

그러자 유대인 청년이 엷은 미소를 머금었다.

뇌수의 가치

이제 의학이 진보할 대로 진보하여 뇌수 이식 수술까지 가능하게 되었다.

그리고 급기야는 뇌수만 전문적으로 파는 상점까지 생겨났다.

주인은 진열되어 있는 뇌수들을 하나하나 가리키며 친절하게 설명했다.

"이것은 유명한 미국의 대학교수 뇌로, 아깝게도 노벨 물리학상을 놓치고 만 사람의 것입니다."

"그게 얼마죠?"

"900달러입니다. 어떻습니까?"

"노벨상을 놓쳤다고요?"

그렇게 묻는 손님의 표정이 약간 불만스러워 보였다.

그러자 주인이 다른 뇌수를 가리키며 말했다.

"그러시다면 이 유명한 비즈니스맨의 뇌수는 어떻습니까?

그는 뉴욕의 월스트리트에서 크게 성공한 사람입니다. 사망 당시의 신문기사를 스크랩해 놓은 것이 있는데, 보시겠습니까? 가격은 700달러입니다."

그러나 여전히 손님이 마뜩찮은 표정을 짓자, 주인은 즉시 또 하나의 뇌수를 손가락으로 가리켰다.

"이것은 한 이집트 장군의 뇌수입니다. 9천 달러죠."

그러자 손님이 깜짝 놀라서 물었다.

"9천 달러요? 다른 것에 비해 너무 비싸잖소? 대체 무엇 때문에 그리 비싼 거요?"

"이건 단 한 번도 사용되지 않은 것이거든요."

2부

유머를 통해 배우는
인간의 본성

랍비가 설교를 하고 있었다.

"이 세상에 태어나서 죄를 범하지 않는 인간이란 아무도 없습니다. 하지만 선량한 인간과 악한 인간 사이엔 큰 차이가 있지요. 선량한 인간은 자신이 살아 있는 한 죄를 범한다는 사실을 알고 있습니다. 그렇지만 악한 인간은 죄를 범하고 있는 동안에만 자기가 살아 있다는 것을 알고 있지요."

유능한 사원

어느 생명보험 회사의 사원인 모세는 성실 근면한 데다 매우 유능했으므로, 회사의 경영자들이 회의를 열어 그를 중역으로 발탁하자는 결정을 내렸다.

그런데 한 가지 문제가 있었다. 이 회사의 중역들은 모두 가톨릭 신자인데, 모세는 유대교도였던 것이다.

중역회의 석상에서 사장이 입을 열었다.

"에…… 모세가 우리 회사의 중역이 될 자질을 충분히 갖추고 있다는 것은 모두 인정합니다. 그러나 모세는 유대교도가 아닙니까? 가톨릭의 오랜 전통 속에서 성장했고, 그것을 자랑스럽게 생각하는 우리 회사의 중역진에 유대교도를 끌어들인다는 것은 문제가 있다고 생각합니다. 거기에 따른 대책이 있다면 또 모를까……."

그러자 역시 가톨릭 신자인 전무가 일어나서 말했다.

"네, 제가 아주 훌륭하고 현명한 신부님을 한 분 알고 있습니다. 이웃 도시에 살고 계시는 맥카란 신부님이신데, 그분이라면 모세를 가톨릭 신자로 개종시키실 수 있을 것입니다. 한 번 시도해 보는 게 어떻겠습니까?"

중역회의에 참석했던 모든 사람들이 고개를 끄덕였다.

그리하여 회사에서 맥카란 신부님을 모셔왔다. 신부님은 무려 세 시간 동안이나 모세와 단둘이서 응접실에 있다가 나왔다.

중역들은 신부님이 회의실로 들어서자 저마다 감사를 표했다. 그러나 맥카란 신부는 눈에 띌 정도로 당황스러운 표정을 지었다. 그 모습을 본 사장이 걱정스러운 표정으로 물었다.

"신부님, 물론 성공하셨겠지요?"

"아, 아니오. 시간이 더 필요합니다. 오히려 내가 지금까지 그의 설명을 듣고 있다가 설득되어, 당신네 회사의 10만 달러짜리 보험을 계약해 버렸지 뭡니까."

지혜의 효용

두 사람의 랍비가 이야기를 나누고 있었다.

"지혜와 돈, 그 둘 중 어떤 게 더 중요할까요?"

한 랍비가 이렇게 묻자, 다른 랍비가 대답했다.

"물론 지혜 쪽이 더 중요하겠죠."

"하지만 정말 지혜가 더 소중하다면, 어째서 지혜로운 사람이 돈 많은 사람에게 부림을 당하지요? 돈 많은 사람은 지혜로운 사람들에게 부림을 당하지 않잖아요?"

"그야 아주 간단한 문제죠. 지혜로운 사람들은 돈의 소중함을 알지만, 부자들은 지혜의 소중함을 모르기 때문이에요."

싼 물건

모세가 새로 산 말을 끌고 집으로 돌아와서, 아내에게 말했다.

"여보, 시장에서 제일 교활하다고 소문난 집시한테서 이 말을 샀어. 이 정도로 좋은 말이면 50달러는 줘야 되는데, 난 20달러에 사 가지고 왔단 말이야."

"어머! 20달러에 그렇게 좋은 말을 샀다니, 정말 잘했어요."

"아냐, 그런데 그게 잘못됐어. 말이 너무 작거든."

"그래요? 그럼 잘못했네요. 하지만 어쩌겠어요?"

"아냐, 그래도 괜찮아. 작긴 해도 매우 튼튼한 말이거든."

"그래요? 작아도 튼튼하다니 다행이군요. 50달러짜리 말과 똑같은 양의 일만 한다면, 크든 작든 상관없으니까요."

"아냐, 그게 잘못됐어. 말이 절름발이야."

"저런! 그건 좋지 않군요. 절름발이 말이라면 무거운 걸 끌지 못할 것 아니에요?"

"그런데 그게 아냐. 내가 말 뒷발굽 속에 작은 못이 박힌 걸 발견하고 살짝 뽑아냈거든. 그리고 나니 말이 잘 걷더라고"

"그렇게 좋은 말을 겨우 20달러에 샀다니, 정말 운이 좋았어요!"

"아냐, 바로 그게 좋지 않았어. 내가 실수해서 50달러를 줬지 뭐야."

"어머나! 그럼 20달러짜리 말을 산 게 아니잖아요?"

"아냐, 그게 아니라고. 내가 집시한테 준 50달러짜리는 가짜였거든."

마음 좋은 랍비

어느 날 마음 좋은 드라즈네의 랍비가 이웃 마을에 볼일이 있어서 마차를 불렀는데, 떠나기에 앞서 마부가 말했다.

"미리 부탁드릴 말씀이 있습니다. 산을 오를 때는 마차에서 내려 주십시오. 그러지 않으면 말이 너무 힘들어 지치게 됩니다. 그리고 산에서 내려갈 때도 내려 주십시오. 내리막길은 위험하거든요. 또 평탄한 길에서는 걸어가시는 게 건강에 좋으실 겁니다."

마부가 말한 것을 지키며 목적지에 도착한 랍비가 말했다.

"나는 볼일이 있어서 이곳에 왔고, 당신은 돈을 벌기 위해서 이곳에 왔소. 그것은 당연한 일이오. 그런데 우리가 왜 말까지 끌고 왔는지는 잘 모르겠군. 그 점이 도무지 풀리지 않는 수수께끼라오."

정확한 거짓말

어느 마을에 큰 부자가 있었다.

그는 어느 날 너무나 심심한 나머지 밖으로 나가 어슬렁거렸다.

그러다가 현자로 유명한 랍비를 만나자, 이렇게 말했다.

"랍비님! 랍비님이 제게 좀 그럴듯한 거짓말을 하시면 제가 교회에 1달러를 기부하지요."

"오오, 100달러나요!"

금고 값

한눈에 봐도 유대인이라는 걸 알 수 있을 만한 남자가 뉴욕의 한 은행에 들어섰다. 그는 대출 상담 창구가 어디냐고 묻더니, 곧장 담당자의 책상 앞에 가서 앉았다.

대출 상담 담당자는 전부 고급품만으로 치장한 그 유대인의 양복과 구두, 벨트, 시계, 커프스버튼과 넥타인 핀 등을 훑어보며 물었다.

"무슨 일로 오셨는지요?"

"네, 실은 대출을 좀 받으려고요……."

"얼마나 쓰실 예정이신지요?"

"1달러만 빌려 주십시오."

"지금 1달러라고 하셨습니까?"

"그렇소. 1달러요."

"물론 우리 은행에서는 담보만 있으면 1달러 이상 되는 돈을 얼마든지 대출해 드리고 있습니다만……."

"담보가 이 정도면 되겠습니까?"

유대인은 고급 가죽 가방에서 주권이라든가 채권 따위를 잔뜩 꺼내더니 담당자 책상 위에 늘어놓았다.

"전부 합치면 50만 달러 정도 되는데, 이거면 되겠소?"

"네, 물론입니다. 그런데 분명히 1달러라고 하셨죠?"

"그렇습니다."

"금리가 연 6%니까 6센트를 지불해 주시고, 1년 후에 1달러를 갚아 주시면 이 담보들을 모두 되돌려 드리겠습니다."

"고맙소."

유대인은 1달러를 지갑 속에 소중히 집어넣더니 일어섰다.

그동안 이들이 주고받는 이야기를 듣고 있던 지점장은, 50만 달러나 가지고 있는 사람이 어째서 1달러를 빌리러 왔는지 도저히 이해가 되지 않아서 그 유대인을 불러 세웠다.

"저, 실례입니다만……."

"뭔가요?"

"아니, 다름이 아니라 50만 달러나 가지고 계신 분이 왜 1달러를 빌려 가시는지요? 그 정도의 담보라면 저희 은행에서 30, 40만 달러도 빌려 드릴 수 있는데요."

"아니, 그럴 필요는 없어요. 여기 오기 전에 금고상에 들러

금고를 사려고 했지만 하나같이 비싸지 않겠소? 그래서 제일 싼 금고가 무엇일까 곰곰 생각하다가 은행을 생각한 거요. 1년에 6센트로 이만큼 안전하고 훌륭한 금고를 어디서 살 수 있겠소?"

유산

로드차일드 남작이 사망하자, 유럽 전역에서 수많은 문상 객들이 모여들어 장례식이 성대하게 치러졌다.

이 장례식에서 매우 큰 소리로 슬프게 우는 한 남자가 있었다.

장례식이 끝나자, 로드차일드 가문의 한 사람이 그 남자에게 물었다.

"당신은 남작의 친구이신가요?"

남자는 세차게 머리를 가로저으며 한층 더 큰 소리로 울어 댔다.

유대인은 전 세계에 흩어져 있으므로 어쩌면 한 집안사람이 남미나 아프리카에서 살다가 소식을 접하고 왔을지도 모른다는 생각이 들어, 로드차일드 가문 사람은 다시 조심스럽게 물었다.

"그렇다면 혹시 우리 로드차일드 가문의 일족이신가요?"

그 애기를 듣고 더욱 큰 소리로 목이 찢어져라 울던 남자가 제 풀에 지친 듯 얼굴을 들더니 처량하게 말했다.

"아니니까 이렇게 우는 것 아니겠소?"

걱정도 팔자

야곱은 아이작에게 500달러의 빚이 있는데, 내일 아침까지 갚아야 했다.

아이작은 사흘 전부터 기한까지 꼭 갚아 달라고 일깨워 왔으나, 야곱에겐 50센트도 없었다.

어쨌든 야곱은 그때마다 틀림없이 갚을 테니 걱정 말라고 큰소리를 떵떵 쳤지만, 내일 아침엔 어찌 해야 좋을지 알 수가 없었다.

보나마나 내일 아침이면 아이작이 득달같이 집으로 달려올 것이라 생각하니 잠을 이룰 수가 없었다. 그는 우리에 갇힌 곰처럼 벌써 두 시간째 방 안을 서성거리고 있었다.

그때 침실에 있던 아내 레베카가 남편을 불렀다.

"여보, 도대체 왜 잠을 안 자고 그러고 있어요?"

"아이작에게 빚진 돈 말이오. 무슨 일이 있어도 내일 아침까진 갚아야 한다고……."

"그래, 갚을 돈이 있어요?"

"글쎄, 돈이 없으니까 이러지."

"걱정도 팔자군요. 그렇다면 어서 잠이나 자요. 잠을 못 자고 밤새 서성거려야 할 사람은 당신이 아니라 아이작 아 네요?"

부자의 상상력

두 사람의 랍비가 이야기를 나누고 있었다.

"부자들은 왜 학문을 연구하는 학자들은 돌보지 않고, 장애자나 가난한 사람들에게만 기부를 할까요?"

"그야 뻔한 일 아니겠소? 부자들은 원래 지독한 이기주의자들이오. 그들은 자기가 장애자나 가난뱅이가 되는 것은 상상할 수 있어도, 학자가 된다는 건 상상할 수 없기 때문이요."

가난한 사람의 돈

아이작은 어느 날 우연히 뉴욕의 공중전화 박스에서 10만 달러를 주웠다.

아이작은 그것을 경찰서에 신고하지 않고 착복해 버렸으나, 결국은 탄로가 나서 경찰에 붙잡히고 말았다.

"그 돈의 임자를 찾기 위해 경찰에 맡겨야겠다는 생각은 들지 않았소?"

경찰관이 그렇게 묻자, 아이작이 대답했다.

"물론 돌려주려고 생각했죠. 만약 그 돈이 가난한 사람의 것이었다면 그 자리에서 돌려주었을 겁니다."

갑부의 최후

조슈아는 일생 동안 소문난 구두쇠 노릇을 하여 막대한 재산을 모았다.

그에게 임종의 순간이 다가왔다.

그의 병은 참으로 기이하고도 무거운 것이었다.

의사는 땀을 빼면 낫는다고 했지만, 현대 의학이 할 수 있는 모든 방법을 다 동원해 봐도 땀을 흘리도록 하질 못했다. 그리하여 이제 마지막 순간을 맞이하게 되었다.

언제나 마지막 순간에 불려오는 사람은 랍비이다.

조슈아는 랍비에게 이제까지의 죄를 모두 고백한 다음 유언을 하려고 했다.

랍비가 먼저 말을 꺼냈다.

"시나고그(히브리어로 베잇 크네셋 : 집회의 집)가 다 낡았습니다. 새로 지어야 하는데요……."

조슈아는 가쁜 숨을 내쉬며 물었다.

"돈이 얼마나 들까요?"

"적어도 20만 달러는 들 겁니다."

"좋습니다. 시나고그를 다시 짓는 데 20만 달러를 기부하겠다는 내용을 유언장에 기록하십시오."

"그리고 조슈아 씨, 시나고그엔 도서관도 있어야 합니다. 다른 마을의 시나고그엔 모두 도서관이 있는데 우리만 없어요."

"그래……요? 그건…… 얼마나 들겠습니까?"

"한 3만 달러면 될 겁니다."

"좋소. 시나고그에 도서관을 마련하는 데 3만 달러를 기부하지요."

"또한 맞벌이 부부들을 위한 탁아소도 꼭 필요합니다."

"그…… 그건 얼마면 됩니까?"

"음…… 대략 2만 5천 달러쯤 들 것 같습니다. 그걸 허락해 주시면 수많은 맞벌이 부부들이 안심하고 일할 수 있을 겁니다."

"그럼…… 탁아소 짓는 데 2만 5천 달러!"

그런데 그때 조슈아의 얼굴에 고통스러운 기색이 사라지더니 차츰 편안한 표정으로 바뀌었다.

랍비는 계속 말을 이었다.

"조슈아 씨, 자선을 베푸는 것이 얼마나 보람 있는 일인가를 알게 됐을 겁니다. 얼굴까지 달라 보이는군요. 그 얼굴이면 천국까지 편안하게 갈 수 있을 거요. 그래서 말인데…… 시나고그에 우리 청소년들을 위한 풀을 하나 만들었으면 해서…….”

조슈아는 이제 완전히 무아지경에 빠져든 듯한 표정이었다.

랍비는 옳다 싶어 잔뜩 기대에 찬 목소리로 물었다.

“그럼 풀도 허락하시는 거죠?”

“잠깐, 잠깐만 기다리시오! 말은 하지 말고! 지금 땀이 나기 시작했소.”

선생님이 물라

초등학교 교사인 데이비드가 수학을 가르치고 있던 중에 모세를 지명하여 문제를 냈다.

"모세야! 만약에…… 내가 네 아버지한테 100달러를 빌리고 나서 그중 50달러를 갚았다면, 현재 내가 빚지고 있는 돈은 얼마지?"

그러자 모세는 믿지 못하겠다는 듯이 되물었다.

"선생님이 우리 아버지한테 100달러를 빌리셨다고요?"

"그게 아니라…… 이건 문제니까 그냥 빌렸다고 치는 거야. 100달러를 빌린 다음 50달러를 갚았다면 나머지는 얼마지?"

그러자 모세가 가슴을 쭉 펴면서 대답했다.

"나머지는 100달러입니다."

"100달러 빌린 데서 50달러를 갚았다니까! 잘 생각해 봐. 자, 얼마가 남았지?"

데이비드는 약간 짜증스럽다는 듯이 큰 소리로 물었다.

그러자 모세도 큰 소리로 대답했다.

"그러니까 100달러 남았다니까요!"

마침내 데이비드는 화가 나서 소리쳤다.

"너는 뺄셈도 못 하니? 그만큼 가르쳤는데 그것 하나 못
해?"

"아뇨, 저는 수학은 잘해요. 다만 선생님께서 우리 아버지
를 잘 모르고 계신단 말이에요."

종이 값

모제스는 뉴욕의 한 공중변소에 들어가서 변기에 걸터앉아 볼일을 보고 있었다.

그런데 화장실에 휴지가 없다는 사실을 깨달았다.

곰곰 생각하던 그는 옆 칸에 있는 남자에게 말을 건넸다.

"여보시오, 대단히 미안하지만 혹시 그 쪽에 휴지가 걸려 있습니까?"

그러자 벽 너머에서 심란한 목소리가 들려왔다.

"아뇨, 여기에도 휴지가 없어 난처하답니다."

"그럼 뭐, 잡지라든가 신문 같은 거라도 갖고 있는 게 없나요?"

"없어요, 아무것도……."

"그렇다면 미안하지만 10달러짜리를 잔돈 지폐로 바꿔 주실 수 있겠습니까?"

기적의 샘

솔로몬은 뉴욕의 횡단보도에서 교통사고를 당했다. 운전하던 사람은 가볍게 스쳤다고 생각했지만, 솔로몬은 그 자리에 주저앉아 움직이지 않았다.

그는 병원으로 옮겨졌고, 그로부터 한 달 후에 재판이 열렸다.

솔로몬은 법정에서 목 아래쪽이 전부 마비되었다고 주장했다. 그러나 그를 진단한 의사들은 모두 그가 지극히 건강한 상태로서 마비라는 건 당치도 않다고 증언했다.

하지만 이 마비 상태라는 것은 겉으로 보아선 알 수 없는 것이므로, 솔로몬의 요구가 받아들여져 가해자는 50만 달러를 지불해야 했다.

이것은 사고 당시 횡단보도의 신호등이 파란색이었음에도 가해자가 차를 안전선 안으로 몰고 들어간 부주의가 인정되어서였다.

솔로몬은 들것 위에 누운 채 구급차에 실려 집으로 돌아왔다.

그는 집에 도착하자마자 펄쩍펄쩍 뛰면서 소리쳤다.

"와! 만세! 50만 달러를 벌었다!"

그러자 그의 아내 레이첼이 걱정스러운 표정으로 말했다.

"여보, 50만 달러가 들어왔으면 뭘 해요? 당신도 재판장의 말을 들었잖아요. 만약 당신이 몸을 움직일 수 있다는 사실이 판명되면 50만 달러를 돌려주는 것은 물론이고, 위증죄로 감옥살이를 해야 된다고요. 보험회사에서 미심쩍다며 계속 감시를 붙여 반드시 잡아내겠다고 했어요. 그러니 50만 달러가 무슨 소용이에요."

하지만 솔로몬은 싱글벙글 웃으며 대답했다.

"여보, 모르는 소리 말아. 50만 달러를 손에 쥐는 즉시 우린 구급차를 타고 케네디 공항으로 직행하여, 프랑스로 날아가는 거야. 프랑스 공항에도 물론 구급차를 대기시켜 둬야지. 그리고 곧장 루르드(가톨릭에서 성모 마리아가 나타나 축복했다는 성지. 이 성지에 있는 샘물을 마시면 회생 불가능한 병이 치유되는 기적이 이루어진다 함)로 가는 거야. 그 루르드에서 또다시 기적이 일어나면, 나는 멀쩡히 일어나게 되는 거지."

경우 없는 얘기

나치에 의해 독일에서 쫓겨나온 모제스는 간신히 미국에 도착했다.

그는 뉴욕에서 아는 사람에게 소개를 받아, 어떤 사람을 찾아가서는 소개장을 내밀며 말했다.

"제발 부탁입니다. 500달러만 빌려 주십시오."

그러나 상대방은 소개장을 다 읽고 나서 이렇게 말했다.

"하지만 나는 당신을 잘 알지도 못하는데, 어떻게 500달러라는 큰돈을 빌려 줄 수 있겠습니까?"

그러자 모제스가 분연한 태도로 말했다.

"독일에 있을 땐 모두들 나에 대해 잘 알고 있었기 때문에 아무도 돈을 빌려 주지 않았습니다. 그런데 이번엔 나에 대해 아무것도 모르기 때문에 돈을 빌려 줄 수 없다니! 이런 경우 없는 얘기가 어디 있습니까?"

인플레

미국의 인플레는 말로 다 할 수 없을 정도로 극심했다.

지난주에 25센트 하던 햄버거가 이번 주엔 35센트로 올랐으며, 담배나 소시지, 구두, 연필, 버스 요금 등 모든 가격이 치솟고 있었다.

무거운 병을 앓던 벤자민은 이제 자신의 생명이 얼마 남지 않았음을 깨달았다.

그러던 중에 친구의 소개로 찾아간 의사가 '3년 후면 의학의 진보로 이 병을 고칠 수 있는 약이 발명될 것'이라고 장담했다. 그래서 벤자민은 그 의사의 권유대로 3년 동안 의학적 동면을 하기로 결심했다.

이윽고 금발의 어여쁜 간호사가 벤자민의 몸을 씻기고 주사를 놓은 다음 얼려서 병원 동면실에 보관했다.

'80년, '81년, '82년……. 드디어 그를 희생시킬 수 있는 약이 발명되어 벤자민은 의식을 되찾았다.

곧장 신약으로 치료를 받고 완쾌된 벤자민이 맨 처음 한 일은 증권회사의 친구에게 전화를 건 것이었다.

"여보게, 모제스인가? 나 벤자민일세. 그래, 내 주들은 어떻게 됐나?"

"오, 벤자민이군. 이제 완쾌됐다고? 정말 다행이야, 축하하네."

"고맙네. 그것보다 내 주들이 어떻게 되었는지 그것부터 좀 알려 주게. 우선, 그게 뭐더라……. 아! 제너럴 일렉트릭, 그게 지금 얼만가?"

"주당 50달러가 됐네."

"응? 그게 정말인가? 3년 전에 주당 10달러씩 주고 샀는데……. 그래, 그럼 보잉은 어떻게 됐나?"

"보잉은 주당 200달러라네."

"난 그걸 주당 30달러에 샀었지. 그때 100주를 샀으니까, 꽤 번 셈이군. ITT는 어떤가?"

"280달러."

"오, 세상에! 그건 주당 45달러를 주고 100주 사 뒀었는데, 거기서도 수입이 짭짤하군. 그럼 이익금이 전부 얼마나 되나……."

그는 전화를 끊고는 이익금을 계산해 보려 하다가 먼저 교환원을 불렀다. 이 전화요금이 자기 앞으로 나오기 때문이었다.

"교환, 지금 통화료가 얼마요?"

"4만 달러입니다."

어떤 환자

정신병원에 찾아온 한 부인이 의사에게 자신의 증상을 호소했다.

"선생님, 전 요즘 통 잠을 이룰 수가 없어요. 낮에도 별의별 환상이 다 보인답니다. 죽은 남편이 발가벗고 바나나를 까먹으며, 집 앞 도로에서 한여름에 스케이트를 신은 채 장송곡을 부르는 게 보이지 뭐예요. 제정신으로는 생각도 못 할 일이죠. 또 제가 기르는 개가 갑자기 보라색으로 보이기도 하고, 어항에 있는 금붕어가 느닷없이 하늘로 뛰어오르기도 하고요 ……. 그런데다가……."

그러자 의사가 고개를 끄덕이며 말했다.

"허어, 그건 대단히 심각한 증세군요. 그런데 부인, 우리 병원에선 환자의 증상을 다 듣기 전에 초진료를 받도록 되어 있습니다. 초진료는 50달러예요."

깜짝 놀란 그 부인이 의자에서 벌떡 일어났다.

"50달러라고요? 저는 그만한 돈을 낼 정도로 미치진 않았어요."

누가 바보인가?

기원전 73년에 예루살렘의 신전은 로마군에 의해 모두 파괴되고, 유대인들은 그들의 노예가 되어 로마로 끌려갔다.

그때 로마군에 끌려간 유대인 가운데 뛰어나게 머리가 좋은 사람이 있었다. 노예 모제스였다.

로마인 주인은 이 유대인 노예 모제스를 귀하게 여기고 매우 신임했다.

원로원 의원인 주인이 어느 날 모제스를 불러 명했다.

"모제스, 나와 관계가 있는 자들을 똑똑한 자와 바보, 양편으로 나누어서 그 리스트를 작성해 오도록 해라."

며칠 후 모제스가 그 리스트를 주인에게 바쳤다.

로마인 주인은 그것을 받자마자, 먼저 바보 쪽에 올라 있는 이름들을 주의 깊게 살폈다.

"키케로, 플루타크, 세네카…… 음, 이들이 모두 바보란 말이지?"

그는 계속 리스트를 훑어 내려가다가 맨 끝에 자기 이름이 적혀 있는 것을 발견했다.

로마인 주인은 매우 언짢은 표정을 지으며 말했다.

"여기 적혀 있는 자들은 확실히 모자란 사람들임에 틀림없다. 그런데 어째서 내 이름이 여기 끼어 있어야 하지?"

그러자 모제스가 침착한 표정으로 대답했다.

"사실 주인님은 총명하십니다. 오늘 아침까지도 저는 그렇게 생각했죠. 그런데 주인님께선 아침에 그리스에서 온 상인과 곡물 매입에 대한 상담을 하셨습니다. 그리고 그때 황금 30냥을 지불하셨습니다."

"하지만 그 그리스 상인은 제 나라로 돌아가는 즉시 이리로 곡물을 부쳐 주겠노라고 약속했단 말이야. 너도 그 자리에 있었으니까 잘 알 것 아니냐?"

"제 생각은 좀 다릅니다. 만약 그가 약속대로 곡물을 보낸다면, 거기에서 주인님의 존함을 빼고 대신 그 상인의 이름을 넣도록 하겠습니다."

고마운 배려

아브라함은 단골 상점에 들어가 물건 하나를 놓고 흥정을 했다. 그가 계속 물건값을 깎는 통에 15달러가 10달러가 되고, 9달러 90센트가 되었다가 9달러 87센트까지 내려갔다.

아브라함은 9달러 86센트로 달라며 끈질기게 물고 늘어졌다. 그러나 점원은 이제 더 이상 깎아 줄 수 없다고 딱 잘라 말했다.

그래도 아브라함은 집요하게 9달러 86센트로 해 달라며 물러서지 않았다.

"아닙니다. 더는 한 푼도 깎아 드릴 수 없습니다. 절대로!"

"한 번만 더 생각해 보게. 9달러 86센트! 나도 여기서 물러설 순 없네."

"내 참! 겨우 1센트를 가지고 이렇게 승강이를 하다니, 이해가 안 가는군요. 하여간 86센트 이하로는 안 됩니다. 게다가 손님은 이 물건을 외상으로 가져가시는 것 아닙니까? 그러니

1센트 정도 더 내시는 건 괜찮지 않습니까?"

아브라함은 진지하게 대답했다.

"여보게, 나는 이 상점을 몹시 좋아한다네. 그러므로 만일 내가 외상값을 갚지 못할 경우까지도 생각 안 할 수 없단 말이야. 그래서 단 1센트라도 더 깎아 이 상점의 손해를 덜어 주려고 이처럼 애쓰는 것 아닌가."

한 중매쟁이가 청년에게 말했다.

"내가 중매쟁이 노릇을 그렇게 오래했지만, 지참금을 1만 달러나 가진 아가씨는 없었다네. 게다가 이 아가씨는 대단히……."

거기까지 듣고 있던 청년이 눈을 빛내며 말했다.

"와! 1만 달러라고요? 그거 굉장한데요. 그럼 먼저 사진을 보여 주시겠어요?"

그러자 중매쟁이가 놀란 듯 되물었다.

"사진이라고? 아니, 지참금이 1만 달러나 되는데 사진을 보여 줄 것 같나?"

알 수 없는 일

뉴욕에서 제법 알려진 양복점을 운영하고 있는 토빈은 부자이면서도 인색한 사람으로 소문이 자자했다.

오늘도 양복점 문을 닫은 그는 가까운 호텔의 바에서 위스키 한 잔만을 주문하여 홀짝거리고 있었다.

그때 친구 솔로몬이 다가오자, 토빈은 잘 만났다는 듯 이렇게 말했다.

"하여튼 우리 마누라는 골치라네. 그저 나한테서 돈만 긁어 내려고 한다니까. 그저께는 150달러를 달라더니, 어제 아침엔 80달러를 달라고 하지 뭔가? 그러더니 오늘 아침엔 또 100달러를 달라잖아……."

솔로몬은 토빈이 염전처럼 짠 사람이라는 것을 알고 있었으므로 깜짝 놀라서 물었다.

"아니, 도대체 자네 부인은 그 돈을 다 어디에 쓰고 있는 거야?"

"글쎄, 나도 그 사람이 어디다 돈을 쓰는지는 알지 못한다네. 아직까지 한 푼도 쥐 본 적이 없으니까."

랍비의 당과수표

어느 정도 재산을 모아 놓은 유대인이 노쇠하여 죽음을 맞게 되었다. 드디어 임종이 임박하자 그는 괴로운 표정으로 아들에게 말했다.

"랍비를 불러다오, 어서 랍비를!"

곧 랍비가 당도할 것이라는 말을 듣고, 노인이 아들에게 물었다.

"랍비에게 기도를 부탁하면 틀림없이 천국에 갈 수 있겠느냐?"

"물론이죠, 아버님. 랍비에게 기도를 부탁하면 틀림없이 천국에 가실 수 있을 겁니다."

그러나 노인은 더욱 괴로운 표정을 지으며 말했다.

"음, 그렇지만 거액의 헌금을 요구하겠지?"

"아버님, 천국에 가시려면 아무래도 1만 달러는 주셔야 할 겁니다."

"그러면 정말 천국에 갈 수 있을까?"

노인은 괴로운 숨을 내뱉으며 물었다.

"물론 가실 수 있을 겁니다."

그러나 노인은 못 미더운 듯 말했다.

"애야, 가톨릭 신부도 불러라. 가톨릭 신부에게도 기도를 부탁하는 거야. 그에게 1만 달러를 주고 기도를 부탁하면, 만약 유대교의 천국이 없을 경우 가톨릭의 천국에라도 갈 수 있을 것 아니냐."

사랑하는 아버지가 임종에 처한 마당이므로, 아들은 가톨릭 신부에게도 와서 기도를 해 달라고 기별하였다.

"아버님, 가톨릭 신부도 오십니다."

"그래? 하지만 유대교나 가톨릭의 기도가 효험이 없으면 어쩌지?"

"1만 달러씩 주면 두 사람 합해서 2만 달러군요. 그렇다면 개신교 목사도 부르는 게 어떨까요?"

"그래, 그래. 개신교 목사도 부르려무나. 그쪽에도 1만 달러는 헌금해야겠지. 내가 천국에 갈 수 있도록 세 사람에게 기도를 부탁하는 거야."

이윽고 유대교의 랍비와 가톨릭 신부, 개신교 목사가 병실에 들어와 오랫동안 기도를 올렸다.

노인은 평화로운 미소를 지으며 세 군데의 천국 가운데 어느 곳인가에 오르려 하고 있었다.

그러나 그는 마지막 순간에 눈을 떴다. 아들에게 모든 재산을 물려주었다는 사실이 생각났기 때문이다.

노인은 마지막 힘을 쥐어짜내어 말했다.

"랍비님, 신부님, 목사님! 나는 여러분에게 드릴 3만 달러만을 제외하고는 아들에게 재산을 모두 물려주었습니다. 그런데 가만히 생각해 보니 천국에 가서 돈이 필요할지 모른다고 여겨집니다. 그러니 여러분, 내가 각자에게 드리는 1만 달러 가운데서 2천 달러씩만 깎아 도로 내 관 속에 넣어 주십시오."

물론 랍비도 신부도 목사도 1만 달러씩이나 받았으므로, 그 가운데서 2천 달러를 노인의 관에 넣어주는 데 이의가 없었다. 그리하여 모두가 틀림없이 천국에 갈 거라고 축복하는 가운데 노인은 숨을 거두었다.

장례식 날이 되었다. 우선 가톨릭 신부가 일어서서 가까이 다가가 2천 달러를 관 속에 넣었다. 다음에는 개신교의 목사가 관에 다가가 역시 2천 달러를 넣었다. 그 다음엔 랍비 차례였다.

랍비는 엄숙한 태도로 자기 주머니 속에서 당좌수표를 꺼내어 '6천 달러'라고 기입하더니, 그것을 관 속에 넣고 4천 달러의 거스름돈을 집어 들었다.

소의 날개

두 남자가 대화를 나누며 걷고 있었다.

날씨는 화창했으며, 푸르른 녹음이 들판과 산을 물들인 봄이었다. 새들은 즐겁게 지저귀고 있었고, 목장에서는 소가 한가로이 풀을 뜯고 있었다.

한 남자가 입을 열었다.

"아, 우리의 창조주는 참으로 위대하시다. 벌레 한 마리에서도 하느님의 위대함을 깨달을 수 있지. 자, 한번 생각해 보게. 저기 보이는 저 커다란 소가 처음에는 작은 송아지였단 말일세. 하늘을 나는 저 새는 처음엔 알이었고⋯⋯."

그러자 모세가 말했다.

"나도 하느님은 위대하시다고 생각하네. 그런데 한 가지 모를 일이 있단 말이야. 우선 새들은 몸집이 작으니까 조금 먹지 않나? 소는 몸집이 크니까 많이 먹고⋯⋯. 그러니까 새의 몸집과 소의 몸집을 비교해 보면, 어째서 소는 많이 먹고

새는 조금밖에 먹지 않는지를 누구나 알 수 있지. 그런데 많이 먹어야 하기 때문에 먹을 것을 찾아 다녀야 하는 소에게는 날개가 없고, 얼마 먹지도 않는데다가 주위에 떨어져 있는 것만 주워 먹어도 되는 새에게는 날개가 있으니 정말 이상한 노릇 아닌가? 하느님의 뜻을 통 모르겠단 말일세."

그가 그렇게 말을 끝낸 순간, 새 한 마리가 두 사람의 머리 위를 날아가면서 모세의 이마 위에 똥을 떨어뜨렸다. 그러자 모세가 외쳤다.

"아하! 이제 그 이유를 알겠군. 역시 하느님은 위대하시다 니까!"

남은 죄

한 남자가 랍비를 찾아와서 자신의 죄를 고백하겠노라고 하였다.

고백은 오랫동안 계속되었다. 그는 성경에 하지 말라고 기록된 모든 죄를 범했던 것이다.

도둑질, 강간, 간통, 동성애, 살인, 강도, 사기……

"저는 그 모든 죄를 범했습니다. 아마 저처럼 성경에 기록된 모든 죄를 범한 자는 그리 흔치 않을 것입니다."

마침내 남자는 고백을 마쳤다. 그는 후회하고 있는 듯한 표정을 짓고 있기는 했지만, 한편으로 은근히 자랑스러워하는 듯한 기색도 내비쳤다.

그러자 랍비가 말했다.

"아니오. 아직 한 가지가 모자라는군."

남자는 의외라는 듯이 쳐다보며 불만스러운 투로 물었다.

"모자란다고요?"

랍비가 천천히 대답했다.

"당신은 아직 자살을 안 했잖소?"

코엔의 설교

어느 날 아침 산책을 하고 있는 랍비 코엔 앞으로 아브라함이 다가왔다.

랍비가 "샬롬!" 하고 인사를 했으나, 아브라함은 얼빠진 얼굴을 하고 있었다.

그래서 랍비는 다시 한 번 큰 소리로 "샬롬, 아브라함! 좋은 날씨지요?" 하고 인사를 건넸다.

아브라함은 그제야 정신이 든 듯, 공손히 인사를 했다.

"랍비님, 실은 어제의 그 설교를 듣고 나서 밤에 통 잠을 이룰 수가 없었답니다. 아침까지도 눈을 붙일 수가 없었어요"

그 말에 랍비는 큰 감동을 받았다. 자신의 설교가 그토록 큰 감명을 주다니! 그래서 그는 얼굴 가득 미소를 지으며 아브라함에게 말했다.

"내 설교가 그렇게까지 당신의 마음을 움직였다니 정말 기쁘군요. 하지만 잠을 설쳤다니 안됐소. 매사를 너무 깊이 생각하는 것은 좋지 않아요."

그러자 아브라함은 겸연쩍은 표정을 지으며 이렇게 말했다.

"저는 랍비님이 설교하실 땐 늘 잠을 자거든요. 그래서 설교를 들은 날 밤엔 전혀 잠을 못 자요."

끝없는 용서

아브라함과 솔로몬이 동업으로 섬유회사를 경영하고 있었다.

그런 어느 날 갑작스럽게 아브라함이 급환으로 쓰러져 임종이 가까웠다.

아브라함은 고통스럽게 숨을 내쉬며 솔로몬에게 말했다.

"여보게, 솔로몬. 자네에게 꼭 고백할 일이 있네. 자네와 난 30년간이나 동업을 해 왔지. 그런데 왜 그 미니스커트 있잖나? 자네가 아이디어를 개발해 냈을 때 우리의 경쟁사가 일주일 먼저 그것을 발매하기 시작했었지? 사실은, 내가 그 정보를 경쟁사에 팔아 넘겼었다네."

그러자 솔로몬이 너그럽게 고개를 끄덕였다.

"뭘 그런 걸 가지고 그러나. 용서할 테니 잊어버리게."

"한 가지 더 용서를 빌 것이 있네. 솔로몬, 전에 자네가 여비서 스샤와 호텔에 갔다가 부인한테 들킨 적 있었지? 그것도 내가 자네 부인에게 전화로 고자질했기 때문이야. 그러고…… 또 있어. 자네 금고에 있던 돈이 없어진 일 생각나나? 자넨 그때 금고 여는 방법을 알고 있던 경리부장이 의심스럽다며 그를 해고했었지……. 하지만 그것도 내가 저지른 짓이었네."

"알았네, 용서하지. 용서하겠네. 정말이야. 난 조금도 화내지 않을 거야."

"……언젠가 자네가 외국에 가서 진주를 사 온 적이 있었지. 회사에서 여러 사람들에게 구경시켜 주고 난 뒤에 감쪽같이 없어졌지 않았나? 그것을 가로챈 것도 나였다네. 난 그걸 바의 웨이트리스 레베카에게 선물로 주어 버렸다네."

"아, 그것도 용서하지. 아무튼 자네가 한 짓은 모두 용서해 주겠네."

아브라함은 숨을 가쁘게 몰아쉬며 간신히 계속했다.

"또 있어……. 고백할 것이 아직도 이삼백 가지나 더 있다네. 들어 줄 텐가?"

"아니야. 난 다 용서했으니 이제 됐어. 다만 나도 꼭 한 가지 자네에게 용서받을 것이 있네."

"말해 보게. 뭐든지 다 용서해 줄 테니까……. 그게 대체 무엇인가?"

솔로몬은 측은한 듯 아브라함을 바라보며 대답했다.

"내가 자네에게 독약을 먹였단 말이야."

독일인의 특질

상대성원리를 발견한 앨버트 아인슈타인은 1930년대에 나치에 의해 고향에서 쫓겨나 미국으로 갔다.

그 무렵 이미 저명한 물리학자였던 아인슈타인은 미국에 도착하자마자 그곳의 정치가나 학자들로부터 나치 독일 치하의 생활에 관한 여러 가지 질문을 받았다.

어느 날 저녁 아인슈타인은 하버드 대학 측의 초청으로 학장의 접대를 받게 되었다.

학장이 물었다.

"아인슈타인 박사, 우리로서는 아무래도 이해할 수 없는 일이 있습니다. 독일은 그렇게 위대한 과학과 예술을 낳았으면서도, 다른 한편으로는 나치와 같은 야만적이고도 잔인한 집단을 구성했습니다. 도대체 어떻게 그런 일이 있을 수 있을까요?"

그러자 아인슈타인이 대답했다.

"독일은 세 가지의 특질을 지니고 있지요. 지성과 정직, 그리고 나치입니다. 그런데 창조주인 하느님은 한 인간에게 두 가지 이상은 부여해 주시질 않습니다. 그러므로 독일인들은 우선 정직하면서도 나치인 자, 지성적이면서 나치인 자, 그리고 정직하면서도 지적인 자, 그 셋으로 나뉘어져 있습니다."

말뚝

학살 현장에서 도망쳐 나온 유대인 한 사람이 폴란드에 이르렀다.

길은 꽁꽁 얼어붙고 싸락눈이 쏟아지는 한겨울이었다.

유대인은 가까스로 가져온 전 재산을 등에 지고 북쪽을 향해 황량한 겨울 들판을 걷고 있었다.

그때 어둠 속에서 무시무시하게 으르렁거리는 소리가 나더니 커다란 늑대 한 마리가 불쑥 뛰쳐나왔다. 늑대는 날카로운 이빨을 있는 대로 드러내면서 유대인에게 덤벼들 자세를 취했다.

그는 마침 옆에 꽂혀 있던 말뚝을 발견하고 그것을 뽑으려 했다. 그러나 땅에 박혀 얼어붙어 버린 말뚝은 꿈쩍도 하지 않았다.

늑대는 한발 한 발 다가서고 있었다. 그는 또다시 말뚝을 뽑으려고 애쓰면서 소리쳤다.

"이런 고약한 나라가 있나. 개는 묶지 않고 말뚝을 묶어
두다니!"

하느님의 뜻

가톨릭 신부와 개신교의 목사, 그리고 랍비…… 이 세 사람이 각기 자기들의 교회에서 모은 헌금을 어떻게 분배할 것인가에 대해 의논하고 있었다.

이윽고 헌금의 일부는 자선사업에 돌리고, 일부는 각자의 생활비로 남겨 두기로 결정했다.

신부가 먼저 말했다.

"나는 땅에 원을 그려 놓고 저 헌금을 모두 하늘로 던지겠습니다. 그리하여 원 밖에 떨어진 돈을 자선사업에 쓰고, 원 안에 떨어진 돈은 내 생활비로 쓰겠습니다."

그 의견에 적잖이 놀란 개신교 목사도 재빨리 말했다.

"그래요? 그럼 나도 그렇게 하지요. 나는 다만 선을 하나 그어 놓고 돈을 하늘로 던져서 왼쪽에 떨어진 것은 자선사업에, 오른쪽에 떨어진 돈은 내 생활비로 하겠습니다. 이것 역시 하느님의 뜻일 테니까요."

목사의 말을 듣고, 신부는 머리를 끄덕였다.

두 사람은 잠자코 있는 랍비에게 물었다.

"그런데 당신은 어떻게 하시겠습니까?"

그러자 랍비가 점잖게 대답했다.

"나도 두 분처럼 돈을 하늘로 던지겠습니다. 그럼 자신에 필요한 돈은 하느님께서 거두실 거고, 내게 주실 돈은 전부 땅으로 떨어뜨리실 겁니다."

십자가의 위력

모세는 이루 말할 수 없는 개구쟁이였는데, 학교에 갈 나이가 되자 유대인 초등학교에 입학하게 되었다.

그가 입학한 지 일주일 뒤 교장이 부모를 호출하였다.

"댁의 아드님은 도저히 손을 써볼 도리가 없습니다. 벌써 유리창을 수십 장이나 깨뜨렸고, 교무실에다 쥐를 잡아다 풀어 놓는가 하면, 선생님의 의자에다 압핀을 거꾸로 늘어놓았고, 제 짝인 여자아이의 옷 속에다 개구리를 집어넣었습니다. 오늘 아침에도 내가 교장실로 들어서려다 미끄러져 넘어졌어요. 모세가 마룻바닥에 초를 칠해 놓은 겁니다."

교장은 붕대로 싸맨 머리를 누르면서 계속 말했다.

"물론 그때마다 나는 벌을 주었습니다. 오랫동안 세워 놓거나, 교정을 한 바퀴 뛰도록 하거나, '잘못했습니다.'를 100번 쓰라고 시키거나……. 그래도 댁의 아드님은 여전히 말썽을 부렸습니다. 그래서 말입니다만, 다른 애들에게 미칠 영향도 있고 하니 딴 학교로 데리고 가십시오. 우리 학교에선 더 이상 아드님을 가르칠 수가 없습니다."

그래서 모세는 가까운 사립 초등학교로 전학을 가게 되었다. 여기서도 마찬가지로 일 개월쯤 지나자 모세의 부모는 교장으로부터 호출을 받아 '도저히 이 아이를 맡을 수 없다.'는 통보를 받았다.

이번에 모세는 이웃 마을의 친척집에 맡겨져 다시 유대인 학교에 다니게 되었는데, 앞서와 매한가지로 쫓겨나고 말았다. 그래서 그 마을의 공립학교로 전학했으나 역시 마찬가지였다. 다음에는 그곳의 다른 사립학교로 옮겼지만 거기에서도 너무 말썽을 부린다는 이유로 퇴교 처분을 받았다.

당연히 모세의 성적은 형편없었고, 그의 부모가 근심에 싸인 나날을 보내는 것도 무리가 아니었다.

모세의 어머니가 남편에게 말했다.

"아브라함, 이제 근처에 남은 학교라곤 가톨릭 초등학교밖에 없어요."

"가톨릭 학교? 아니, 우리 유대인이 자식을 가톨릭 학교에 넣을 수 있다고 생각하오?"

그러자 모세의 어머니가 말했다.

"하지만 이제 남은 학교라곤 그곳밖에 없어요. 그러니 거기에라도 넣어야 하지 않겠어요?"

이렇게 하여 할 수 없이 모세는 가톨릭 초등학교에 다니게 되었다. 그리고 일 개월이 지나자, 모세의 부모는 또다시 그곳의 교장으로부터 와 달라는 연락을 받았다.

두 사람이 나란히 교장실에 들어서자, 수단을 입은 교장 신부가 만면에 미소를 머금고는 이렇게 말하는 것이었다.

"어서 오십시오. 이렇게 두 분이 나와 주셔서 감사합니다. 우리는 댁의 아드님 모세에게 정말 탄복하고 있습니다. 그처럼 예의 바르고 또 열심히 공부하는 학생은 이제까지 본 적이 없습니다. 전교에서 모세의 성적이 가장 우수하고 품행도 아주 모범적이랍니다. 그런 아이는 정말이지 찾아볼 수 없을 정도로 드물지요. 모세는 우리 학교의 자랑입니다. 덕분에 우리는 유대인들에 대한 편견을 말끔히 씻어 버렸습니다."

어리둥절해진 모세의 부모는 아들을 데리고 집으로 돌아왔다. 유대인이 칭찬을 받은 것은 더없이 기쁘지만, 모세가 그토록 예의 바르고 공부도 열심히 한다는 사실이 믿어지지 않았다.

그래서 이들 부부는 집에 돌아오자마자 아들에게 어찌된

일이냐고 물었다.

모세는 재빨리 대답했다.

"그건요, 그 학교에서 장난을 쳤다간 끝장날 거라는 사실을 알았기 때문이에요. 글쎄, 입학하던 날 벽을 보니까 어떤 사람이 십자가에 매달려 피투성이가 되어 있잖아요!"

겸손한 랍비

헬름 시에서 다른 시로 여행을 간 남자가 자기 고장의 랍비에 대해 자랑을 늘어놓았다.

"우리 헬름 시의 랍비님은 하느님을 어찌나 극진히 섬기는지 유월제 전에는 2주간이나 단식을 합니다. 대개의 랍비들은 며칠밖에 단식하지 않잖아요? 하지만 우리 랍비님이 하느님을 섬기는 정성은 정말 지극하답니다."

그의 말을 듣던 남자가 고개를 갸우뚱하면서 반론을 제기했다.

"그게 무슨 말이오? 사흘 전에 헬름 시에 갔었는데, 그때 내가 들어간 식당에서 바로 당신네 랍비가 식사하는 걸 내 눈으로 봤단 말이오."

그러자 헬름 시에서 온 여행자가 분연히 말했다.

"그야 당연하죠! 우리 랍비님은 누구보다도 겸손한 분이거든요. 2주일이나 단식하는 걸 남한테 자랑하거나 하는 분이

절대 아니란 말이오. 오히려 그 사실을 숨기기 위해 모든 사람
이 보는 데서 식사를 하고 있었던 거라고요."

사자와 양

《신약성경》에는 지상에 낙원이 생기게 되면 사자나 양, 말, 사슴 등 모든 동물이 으르렁거리는 일 없이 평화롭게 공동생활을 하리란 얘기가 수록되어 있다.

하지만 유대인들은 그리스도를 구세주로 믿고 있지 않기 때문에 《신약성경》 역시 신빙성이 없는 것이라 생각하고 있다.

어느 날 크리스천인 부부가 동물원에 구경을 하러 갔다. 그런데 한 우리 안에서 사자와 양이 함께 누워 편안히 자고 있는 것이 아닌가!

부부는 눈을 휘둥그렇게 뜨며 말했다.

"세상에! 이것 참 신기한 일이군요."

"글쎄 말이오. 이렇게 평화로운 광경은 하느님의 나라에서나 볼 수 있는 거지요."

마침 유대인 사육사가 지나가기에 그들이 물었다.

"이것 좀 보시오. 이 광경은 ≪신약성경≫에 나오는 얘기와 똑같은데, 어떻게 해서 이처럼 될 수 있었습니까?"

나이 든 유대인 사육사가 대답했다.

"그야 간단하죠. 매일 아침마다 사자 우리 안에 양 한 마리씩만 집어넣으면 되니까요."

하느님의 은총

어느 날 밤, 헬름 시에 큰 불이 났다.

주민들은 랍비의 지시에 따라 있는 힘을 다해 불을 끄기 시작했다.

30채 가량의 집을 태운 불길은 주민들의 노력에 의해 가까스로 진화되었다.

사람들이 겨우 안도의 한숨을 내쉬며 둘러앉아 쉬고 있는데 랍비가 말했다.

"이 불은 하느님께서 내리신 은총이오. 우리는 축복을 받은 거요."

사람들은 깜짝 놀라서 물었다.

"저렇게 집을 많이 태웠는데, 하느님의 은총이라니 그게 무슨 말씀이십니까?"

"만약 하느님이 은총을 내리시지 않았다면, 이 칠흑같이 캄캄한 밤중에 어떻게 불을 끌 수 있었겠소?"

엄벌

금요일 아침이었다.

헬름 시의 랍비가 저녁 식사 때 먹기 위해 시장에서 커다란 잉어 한 마리를 샀다.

잉어는 유대인들이 즐겨 먹는 어류이다.

랍비는 잉어를 묶어 들고 집으로 돌아오고 있었다.

그런데 마을 한가운데에 이르렀을 때 느닷없이 잉어가 불쑥 튀어 오르더니, 꼬리로 랍비의 뺨을 세차게 후려치는 것이 아닌가.

랍비는 깜짝 놀라 외쳤다.

"수백 년 전 이 마을이 생긴 이래 랍비에게 이처럼 무례한 짓을 한 자라곤 한 명도 없었는데, 하찮은 물고기가 이런 무례를 범하다니!"

화가 난 랍비는 시나고그로 가서 교구의 장로들과 의논을 했다.

그리하여 무례하기 짝이 없는 그 잉어에게 선고가 내려졌다.

'그놈을 냇가로 가져가서 물에 처넣어 빠져 죽도록 하라.'는 엄벌이었다.

목숨 바치기

현인으로 유명한 랍비 솔로몬이 인생의 마지막 작별을 고하려 하고 있었다.

시나고그에 모인 교구 사람들은 열심히 기도를 드렸다.

"우리의 랍비를 구해 주소서."

"제발 랍비의 수명을 연장시켜 주소서."

그런 중에 천장 위에서 장중한 하느님의 음성이 들려왔다.

"그대들의 기도가 지극히 정성스러우니 받아 주겠노라. 그대신 각자 자신의 수명에서 얼마씩을 떼어 바쳐야 하느니라. 그러면 그대들이 수명을 바친 만큼 솔로몬의 수명을 연장시켜 주겠노라."

이윽고 하느님의 음성이 사라지자, 교회 안은 숨소리 하나 없이 조용했다.

잠시 후 구둣방을 하는 장로 야곱이 일어서서 엄숙히 말했다.

"나는 한 달 치의 내 목숨을 내겠소."

"나는 거기다 2주일을 보태겠습니다."

야곱의 아내가 일어서서 날카로운 목소리로 덧붙였다.

"나는 한 달 사흘을 내겠어요!"

양복점 주인 조슈아가 말했다.

"나는 열흘 내겠소."

80세를 넘긴 식품점 주인 데이비드가 목청을 높였다.

"나는 2주일!"

"두 달!"

"25일!"

"나흘 내겠소!"

"한 달하고 1주일!"

"솔로몬에게 12일의 목숨을 보태겠소!"

"3주일을 덧붙여 드리겠습니다."

"나는 20년!"

깜짝 놀란 사람들은 그 소리가 난 쪽으로 일제히 고개를 돌렸다.

그곳엔 인색하기로 유명한 담배 가게의 모세가 서 있었다.

사람들은 숨을 죽이고 그를 바라보았다.

모세는 곧바로 자리에 앉지 않고 큰 소리로 이렇게 덧붙였다.

"단, 내 계모의 목숨에서!"

속죄의 방법

조슈아가 랍비를 찾아갔다.

"랍비님, 저는 큰 죄를 지었습니다. 생활고를 이기지 못해 그만 양초 여섯 자루를 훔치고 말았습니다."

"양초를 여섯 자루나 훔쳤단 말이오? 그것은 모세의 십계 명에 위배되는 크나큰 죄요. 그걸 회개하려면 우리 교회에 최고급 포도주를 여섯 병 갖다 바치시오. 그러면 당신의 죄는 내가 마실 최고급 포도주로 깨끗이 씻겨져 버릴 것이오."

"랍비님, 그건 무리한 말씀이십니다. 저는 생활고 때문에 양초 여섯 자루를 훔친 것입니다. 양초 여섯 자루도 살 수 없는 제가, 어떻게 그것보다 훨씬 더 비싼 포도주를 살 수 있겠습니까?"

"그건 간단한 거요, 조슈아. 양초를 손에 넣은 방법으로 포도주를 구하면 될 테니까."

가톨릭 신부와 유대교 랍비가 이야기를 나누고 있었다.

"사실 랍비 노릇도 별것 아니잖소? 아무리 세월이 흘러도 랍비는 그저 랍비일 뿐 전혀 계급이 오르질 않으니 말이오."

신부의 그 말에 랍비가 퉁명스럽게 대꾸했다.

"그래서 그게 어쨌다는 거요?"

"글쎄, 랍비는 일생 동안 일해도 계급이 오르지 않잖소? 하지만 우리 가톨릭에선 시간이 갈수록 자꾸 계급이 오른단 말이오. 처음엔 주교가 되고, 그 다음엔 추기경이 되며, 그 다음엔 상급 추기경이 되고……."

"그래서 대체 어쨌단 말이오?"

"상급 추기경 위엔 고급 추기경, 고급 추기경 위엔 대추기경이 있소. 이렇게 계급이 자꾸자꾸 올라간단 말이오."

"그렇게 계급이 올라가면 나중엔 어떻게 되오?"

신부는 답답하다는 듯이 가슴을 치며 대답했다.

"아이고, 맙소사! 대추기경 위는 교황이오. 그래서 우리 가톨릭 신부는 누구든지 열심히 맡은 일을 하고, 운이 따르면 교황도 될 수 있단 말이오."

"그래, 그 높은 교황 위는 누구요?"

"참으로 답답한 사람이로군. 교황 위가 어디 있소? 만약 있다면 그리스도겠지."

"우리 유대인이 그리스도가 됐는데!"

돼지고기와 결혼식

가톨릭 신부와 유대교 랍비가 길에서 우연히 만났다.

신부가 먼저 입을 열었다.

"도대체 당신네 유대인은 언제까지나 그 어리석은 식사의 계율을 지킬 작정이오? 당신네들은 새우를 안 먹지 않소? 그 맛있는 새우를 말이오. 굴도 마찬가지지. 지금이 한창 맛있을 때인데."

이 대목에서 신부는 침을 꿀꺽 삼켰다.

"게다가 기름이 자르르 흐르는 맛있는 돼지고기도 안 먹고……. 그런 어리석은 짓은 집어치우는 게 어떻겠소? 도대체 언제쯤 그 맛있는 새우나 굴, 돼지고기를 먹을 참이오?"

랍비는 대수롭지 않은 일이라는 듯 대답했다.

"당신 결혼식 날에 실컷 먹어 드리지."

뛰어난 이론가로 유명한 랍비가 언제나 그랬던 것처럼 제
자들을 가르치고 있었다.

제자 한 사람이 질문을 했다.

"랍비님, 만약 다섯 명의 딸과 5천 달러 중 하나를 택일하라
면 어느 쪽을 선택하시겠습니까?"

"그거야 간단하지. 나는 두말없이 다섯 명의 딸 쪽을 선택
하겠네."

그러자 제자가 다시 물었다.

"그 선택은 논리적으로 냉철하게 생각한 결과입니까?"

"물론 그렇고 말고. 이런 문제는 지극히 논리적으로 생각하
지 않으면 안 되네. 만약 5천 달러를 갖게 된다면, 필시 나는
많은 돈이 갖고 싶어질 걸세. 돈이란 원래 그런 것이니까. 그
러나 하느님의 충실한 종인 나는 탐욕스럽게 되고 싶지 않다
네. 그렇지만 딸이 다섯이나 생긴다면 절대로 그 이상은 바라

지 않을 것 아닌가? 그러므로 나는 탐욕스러워지지 않을 수 있는 것이지. 게다가 5천 달러라는 돈은 내가 현실적으로 갖고 싶어 한다 해도 수중에 들어오지 않네. 다시 말하자면, 손에 들어오지 않는 걸 원해 봤자 아무 소용없다 이 말일세."

제자는 고개를 끄덕였다.

"잘 알겠습니다."

그러자 랍비가 한마디 더 덧붙였다.

"또한 내게는 나름대로의 이유가 있다네. 내겐 현재 딸이 여덟이나 있거든."

가톨릭 신부와 유대교 랍비가 논쟁을 하고 있었다. 가톨릭과 유대교 둘 중 어느 종교가 인류에게 더 공헌을 했느냐에 대해서였다.

신부가 주장했다.

"가톨릭은 인류에게 과학의 진보를 가져오게 했소. 왜냐하면, 작년에 로마의 카타콤에서 아주 기다란 선이 발견되었단 말이오."

"기다란 선이라고요?"

"그렇소. 매우 긴 선이오. 카타콤에 선이 있다는 것은, 지금부터 2천 년 전에 이미 가톨릭 신자들이 전화를 가지고 있었다는 사실을 증명하는 것이오. 벨이 태어나기도 전에 이미 가톨릭 신자들은 전화기를 발명해서 사용했단 말이오."

그 말을 들은 랍비가 당황해하며 말했다.

"하지만 얼마 전 사해 근처에선 사해문서가 발견되었소.

그 사해문서는 10m 깊이의 땅 속에 있었다오. 그것으로 미루어 보면 지금으로부터 6천~7천 년 전인 성서시대 때 사해문서가 씌어졌음을 알 수 있고, 그것으로써 이미 유대교도들의 과학이 앞서 있었다는 것을 증명할 수 있다오."

"아니, 그럼 땅 속에서 선이나 아니면 그와 비슷한 것이라도 나왔단 말이오?"

"아니오. 선이고 뭐고 사해문서 이외엔 나온 것이 없었단 말이오."

신부는 그것 보라는 듯 의기양양하게 말했다.

"나도 사해문서를 읽어 봤소. 그러나 거기엔 유대인이 뭔가를 발명했다는 기록 따위는 한 줄도 없었소!"

그러자 랍비가 대꾸했다.

"답답하군. 거기서 아무것도 나오지 않았다는 것은, 유대인은 그때 이미 무선전화기를 발명했다는 뜻이오."

닭고기는 유대인이 가장 좋아하는 육류이다. '어머니' 하면 닭고기 수프를 연상할 정도로 유대인에게는 닭고기가 큰 비중을 차지한다.

아브라함은 양계장을 운영하고 있었는데 번창일로였다.

사업가로서 상당히 성공한 그는 행실이 별로 좋지 않았으나, 금요일마다 교회에 나와 버젓이 경건한 유대교도로 행세하고 있었다.

어느 날 랍비가 그를 불러 말했다.

"아브라함, 요즘 당신에 대한 불미스러운 소문이 나돌고 있어서 몹시 걱정이 됩니다."

그러자 아브라함이 시치미를 뚝 떼고 말했다.

"그럴 리가 있습니까? 랍비님께서도 아시다시피 저는 금요일엔 반드시 교회에 나오고, 하루도 빠짐없이 아침마다 성경을 읽고 있는데요."

"아브라함, 당신은 하루도 빠짐없이 당신의 양계장에도 나가죠? 하지만 매일 양계장에 간다고 해서 당신이 닭이 되는 건 아니잖소?"

남의 장례식

유대교 장례식은 사람들이 모두 비탄에 빠져 있으므로 분위기가 매우 어둡고 무겁다.

그와 반대로 가톨릭 장례식은 성상을 들고 화려한 제복을 입은 사제가 집전하며, 성가를 부르기도 한다.

어느 날 유대교 랍비와 가톨릭 신부가 길에서 마주쳤다.

신부가 물었다.

"당신네 유대교도들의 장례식은 도대체 왜 그리 음산한 거요? 우리 가톨릭 신자들은 천주님의 부르심을 받았으므로 슬픈 중에도 기쁘다 하여 그 감정을 그대로 표현하는데 말이오"

랍비가 고개를 끄덕였다.

"그래서 나는 유대교의 장례식보다 가톨릭의 장례식 보는 걸 더 좋아한다오."

광견

자기가 랍비보다 머리가 더 좋다는 것을 나타내 보이려 애쓰는 한 남자가 늘 랍비에게 대답하기 곤란한 질문을 던지곤 했다.

어느 날, 여느 때와 마찬가지로 그는 랍비에게 무례하기 짝이 없는 태도로 질문을 했다.

"만약 길을 가다 광견을 만나면 그대로 주저앉아 꼼짝도 하지 않는 것이 좋다고 합니다. 그런데 우리에겐 랍비를 만나면 일어서는 관습이 있지요. 그렇다면 길에서 광견과 랍비를 동시에 만났을 경우엔 어떻게 해야 될까요?"

"광견과 랍비를 동시에 만나는 일은 그리 흔치 않으므로 그럴 경우에 어떻게 하면 되느냐 하는 관례는 아직 없습니다. 광견을 만나서 주저앉는 것은 그렇게 하는 것이 안전하다는 경험에서 나온 것이고, 랍비를 보고 일어서는 것은 경의를 표하기 위한 예부터의 관습에 따라서 그러는 것입니다. 그러니 지금부터 우리 둘이 함께 마을을 거닐어 봅시다. 그래서 사람들이 어떻게 하는지를 보면 되지 않겠소?"

질투의 대가

아이작은 유난히도 질투심이 강한 남자였다. 그는 어렸을 때부터 부모가 자기 몰래 다른 형제에게 과자나 장난감을 더 주지 않을까 의심하며 늘 투정을 부렸다.

학교에 들어가서도 친구가 자기보다 높은 점수를 받으면 그것을 질투하여 심술을 부렸고, 물론 성장하여 회사에 들어가서도 마찬가지였다.

그러나 뭐니 뭐니 해도 그가 가장 심하게 질투심을 불태운 것은 사샤와 결혼하고 나서부터였다.

아이작은 자기가 사는 아파트에 우유 배달부나 신문 배달부가 들어서지 못하도록 복도 끝에 그것들을 놓아두게 하고는, 자기가 직접 가지고 오는 것이었다. 물론 사샤가 쇼핑하는 것도 금지하고, 필요한 물건은 자기가 직접 사 가지고 들어오곤 했다. 그뿐 아니라, 웬만한 수리라든가 하수구 막힌 것 따위도 손수 했다.

그러나 아무리 질투심이 강한 아이작이라 해도 돈을 벌기 위해 회사에 나가지 않으면 안 되었다. 어쩔 수 없이 회사에 나간 그는 집에 계속 전화를 해 대며 아내가 다소곳이 집에 있는지를 확인했다.

그러던 어느 날 오전 11시쯤, 아이작은 갑자기 이상한 예감에 사로잡혔다. 사샤가 틀림없이 남자를 끌어들여 바람을 피우고 있을 것이라는 생각이 든 것이다.

그는 황급히 회사에서 뛰쳐나와 택시를 잡아타고 전속력으로 달려 집으로 갔다. 단숨에 계단을 뛰어올라간 그가 몸 전체로 문을 열어젖히며 소리쳤다.

"사샤! 어서 남자를 끌어내! 빨리! 숨기지 말고!"

사샤는 잠옷을 입은 채 눈을 비비며 침실에서 나왔다.

"어머! 이 시간에 웬일이세요? 그리고 그건 또 무슨 말이에요?"

"허튼 수작 말고 남자를 끌어내! 남자를!"

"아니, 설마 내가 남자를……. 정말 우습군요. 호호!"

아이작의 눈에는 아내의 모습이 자신이 출근하고 난 뒤 다시 한잠 자고 막 일어난 것처럼 꾸미는 것으로 보였다.

그는 틀림없이 어딘가에 남자가 숨어 있을 것이라고 확신

하여 온 아파트를 샅샅이 뒤졌다. 침실 침대 밑을 들여다보고 다락문도 열어 보았다. 목욕탕도 뒤지고 거실의 테이블 밑도 살폈다. 커튼 뒤쪽을 훑어보기도 했으며, 심지어는 카펫까지 들춰 보았다. 여하튼 모든 곳을 다 뒤졌으나 쥐새끼 한 마리도 없었다.

아이작은 그 남자가 창틀에 매달려 있을지도 모른다는 생각이 들어 창 밖으로 몸을 쑥 내밀고는 살펴보았다. 때마침 한 남자가 허리춤을 잡고 벨트를 손에 든 채 황급히 뛰어가는 것이 보였다.

아이작은 그 순간 물이고 불이고 가릴 겨를도 없이, 곁에 있는 냉장고를 치켜들어 남자를 향해 내던졌다. 냉장고는 똑바로 떨어져 그 남자를 깔려 죽게 하고 말았다.

남자가 죽은 것을 보고서야 아이작은 제정신을 차렸다. 곰곰 생각해 보니, 그가 아내와 부정한 짓을 저질렀다는 증거라곤 아무것도 없었다. 그는 자신의 지나친 질투심 때문에 망상에 빠져서 일을 저질렀다는 것을 그제야 깨달았다.

아이작은 그 길로 화장실로 달려가서 천장에 끈을 단 다음 목을 매어 자살하고 말았다.

의식이 되살아난 아이작은 자신이 하늘나라에 당도하여 긴

행렬에 끼어 있음을 알았다. 바로 앞에 자신이 죽인 남자가 서 있었기 때문이다.

이윽고 하느님 앞에 이르자, 하느님께서 아이작 앞에 서 있는 남자에게 물었다.

"나의 아들이여, 그대는 어찌하여 여기 오게 되었느냐?"

그러자 남자가 대답했다.

"저는 아침에 탁상시계의 종이 울리지 않아 늦잠을 잤습니다. 눈을 떠 보니 11시가 넘었더군요. 그래서 옷을 입으며 황급히 뛰쳐나가는데, 어떻게 된 일인지 위에서 냉장고가 떨어져내려 그걸 맞고 이곳에 오게 되었습니다."

하느님께서 머리를 끄덕이셨다.

"그럴 수도 있겠지. 자, 천국으로 가거라."

이번엔 아이작의 차례였다.

하느님은 그에게도 똑같이 물으셨다.

"나의 아들이여, 그대는 어찌하여 여기 오게 되었느냐?"

"저는 어렸을 때부터 유난히 질투심이 강했습니다. 오늘 아침에도 회사에 있던 중 아내가 바람을 피우는 것 같아서 급히 집으로 달려갔습니다. 집 안을 뒤지다가 창 밖을 내다보니 어떤 남자가 다급하게 옷을 입으면서 뛰어가기에, 그가 아내와 정을 통한 자라고 생각되어 냉장고를 던져 죽게 했습니다. 제 죄를 깨닫고, 저는 자살했습니다."

이번에도 하느님께서는 너그럽게 말씀하셨다.

"그래, 그런 일도 있을 수 있겠지. 하지만 이제 그대는 용서받았으니 천국으로 가거라."

그리하여 두 남자는 하느님이 이르신 대로 천국 쪽으로 가기 시작했다.

그때 아이작은 자기 뒤에 서 있던 남자가 대답하는 소리를 듣게 되었다.

"어떻게 해서 이곳에 오게 되었는지 잘 모르겠습니다. 저는 그냥 냉장고 속에 들어가 있었거든요."

탈무드에서 배우는
위트 유머

1판 1쇄 인쇄 | 2019년 10월 15일
1판 1쇄 발행 | 2019년 10월 20일

지은이 | 마빈 토케이어
옮긴이 | 강영희
펴낸이 | 윤옥임
펴낸곳 | 브라운힐

서울시 마포구 신수동 219번지
대표전화 (02)713-6523, 팩스 (02)3272-9702
등록 제 10-2428호

© 2019 by Brown Hill Publishing Co. 2019, Printed in Korea

ISBN 978-11-5825-074-4 03840
값 13,000원